U0547621

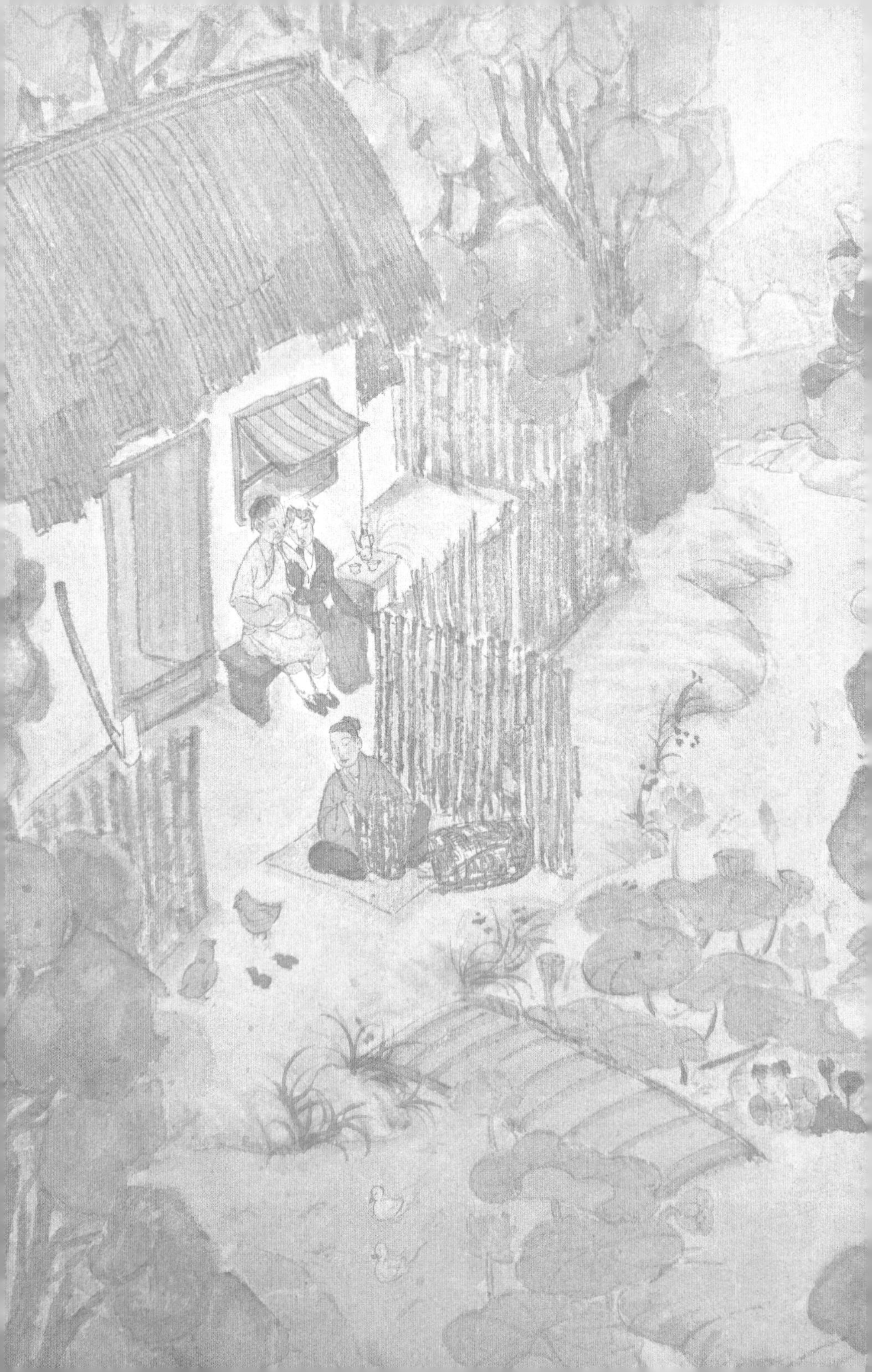

张佳玮 著

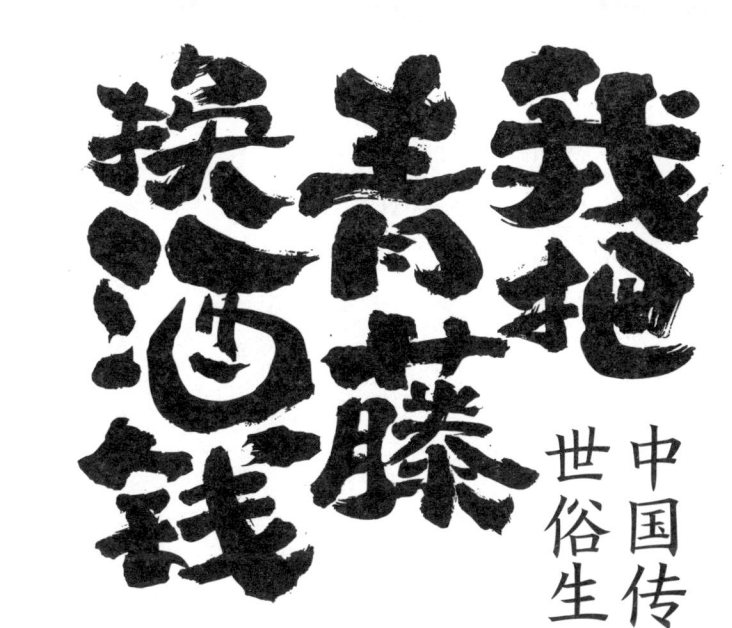

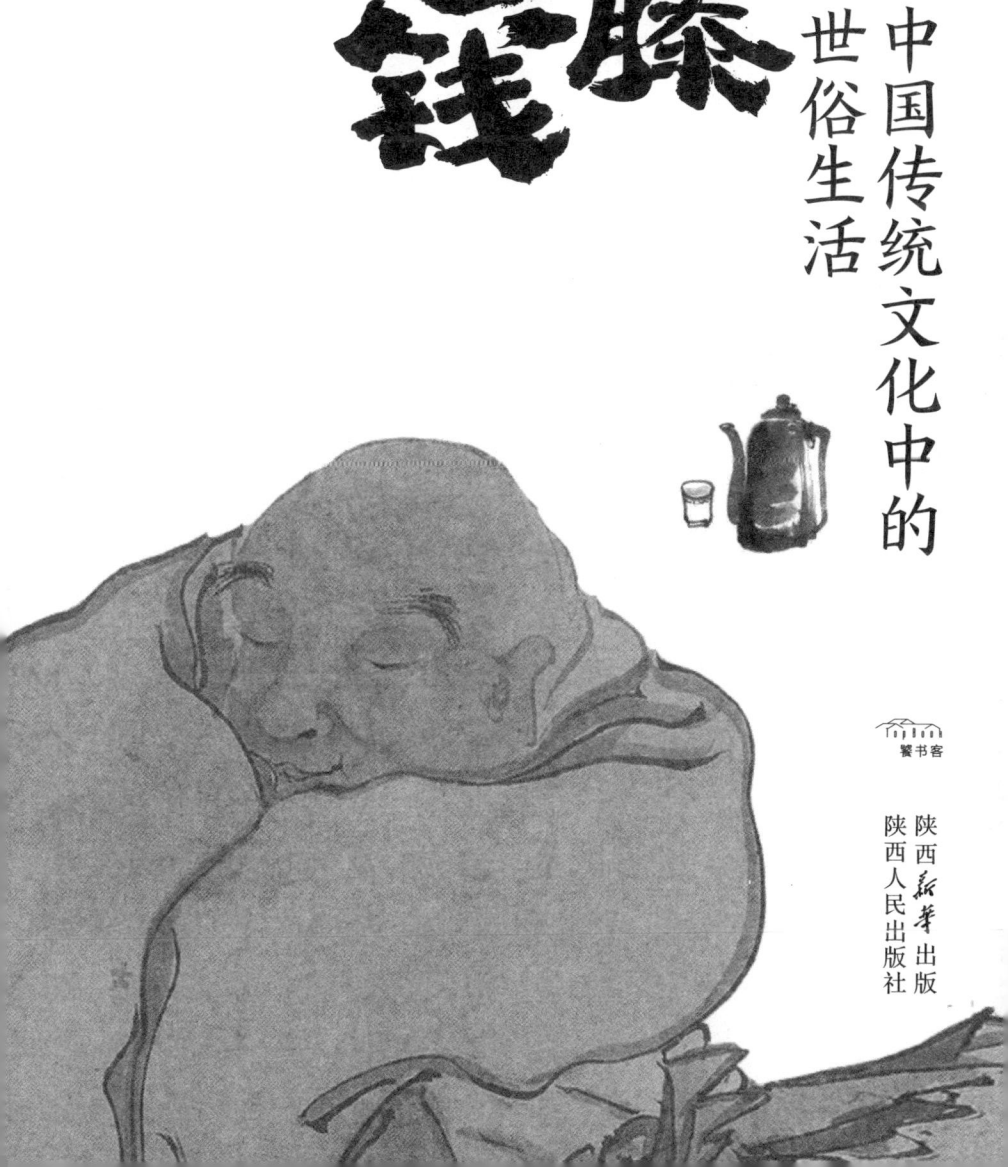

我把青苔藤换酒钱

中国传统文化中的世俗生活

鹭书客

陕西新华出版
陕西人民出版社

图书在版编目（CIP）数据

我把青藤换酒钱：中国传统文化中的世俗生活 / 张佳玮著. —— 西安：陕西人民出版社，2023.6

ISBN 978-7-224-14915-9

Ⅰ.①我… Ⅱ.①张… Ⅲ.①随笔 – 作品集 – 中国 – 当代 Ⅳ.①I267.1

中国国家版本馆 CIP 数据核字 (2023) 第 078961 号

出 品 人：	赵小峰
总 策 划：	关　宁
出版统筹：	韩　琳
策划编辑：	王　倩
责任编辑：	武晓雨
封面设计：	哲　峰　　沈子璇
内文设计：	武邑西克

我把青藤换酒钱：中国传统文化中的世俗生活
WO BA QINGTENG HUAN JIUQIAN: ZHONGGUO CHUANTONG
WENHUA ZHONG DE SHISU SHENGHUO

作　　者	张佳玮
出版发行	陕西人民出版社
	（西安市北大街 147 号　邮编：710003）
印　　刷	陕西金和印务有限公司
开　　本	787 毫米 × 1092 毫米　1/32
印　　张	9.25 印张
字　　数	176 千字
版　　次	2023 年 6 月第 1 版
印　　次	2023 年 6 月第 1 次印刷
书　　号	ISBN 978-7-224-14915-9
定　　价	59.80 元

如有印装质量问题，请与本社联系调换。电话：029—87205094

目录

目录

001 [1] 白居易与乾隆

007 [2] 风流传奇背后的故事

013 [3] 古代人的牙齿

021 [4] 呼名

029 [5] 画家们怎么好意思跟雇主要钱呢?

035 [6] 嵇康

045 [7] 江山与河山

051 [8] 烂漫辛弃疾

059 [9] 老去的称呼

065 [10] 哪吒

073 [11] 其实,我们一直在碎片化阅读

081 [12] 乾隆皇帝与紫禁城

089 [13] 取暖

099 [14] 如何遮盖下半身

105 [15] 诗,读出声音来

115 [16] 《史记》的好文笔

123 [17] 宋朝

- 18 孙悟空如何从一个擒不住的猴子变成了战神　133
- 19 王司徒与诸葛亮　141
- 20 魏徵　151
- 21 侠客靠什么生活　159
- 22 富贵归故乡　167
- 23 妖怪　175
- 24 岳飞与韩世忠　181
- 25 张良与孔明　193
- 26 中国人的审美，都在行云流水的书写里　199
- 27 诸葛亮北伐真正的对手　207
- 28 随荆轲刺秦王时，秦舞阳为什么尿了？　217
- 29 当苏轼决定随遇而安时，忽然发现……　223
- 30 《西游记》中，最令人感伤的一幕　231
- 31 智勇双全与可爱不易兼得，但贾探春做到了　237
- 32 当霍去病被封为冠军侯之时　245
- 33 当林黛玉的才华遭遇命题作文　251
- 34 武松的黑化之路：愤怒奔流之前，最后一次试图融入社会　261
- 35 赤壁之战，每一点璀璨的火焰　271
- 36 酒越喝越暖，水却越喝越寒　281

白居易与乾隆

1

众所周知，李白是诗仙，但他在生前更多地被称为谪仙人。反是白居易，曾被钦定为诗仙。

唐宣宗曾写诗悼念白居易：

缀玉联珠六十年，谁教冥路作诗仙。
浮云不系名居易，造化无为字乐天。
童子解吟长恨曲，胡儿能唱琵琶篇。
文章已满行人耳，一度思卿一怆然。

如今都说白居易的诗老妪能解，这一说法来自宋朝僧人惠洪。他似乎觉得，唐末诗风太通俗。

"白乐天每作诗，令一老妪解之，问曰：'解否？'妪曰解，则录之；不解，则易之。故唐末之诗近于鄙俚也。"

同是宋朝，苏轼一度也觉得"元轻白俗"，但苏轼晚年品出白居易诗的味道了，觉得真好：

"东坡云：'白公晚年诗极高妙。'余请其妙处，坡云：'如"风生古木晴天雨，月照平沙夏夜霜"，此少时不到也。'"

白诗尽管浅白通俗，也是返璞归真的好。只是这好，不容易被立刻领悟。

连苏轼这种大才，都需要点时间来品味。

且白居易的妙处，不只是平易近人。实际上连他的平易近人，都是自己着力追求的。

毕竟一个人如果只会写大白话，是没法被皇帝称为诗仙的。

元稹了解白居易，他夸白居易，那是样样都行：

"大凡人之文各有所长，乐天之长，可以为多矣。夫讽谕之诗长于激，闲适之诗长于遣，感伤之诗长于切，五字律诗百言而上长于赡，五字、七字百言而下长于情，赋、赞、箴、戒之类长于当，碑、记、叙、事、制诰长于实，启、奏、表、状长于直，书、檄、词、策、剖判长于尽。总而言之，不亦多乎哉。"

白居易的境界高到什么地步呢?

他知道怎么写能让人喜欢,知道怎么写能让人叹好,但他对诗的眼光极高极宽,不想那么狭隘,那么随波逐流。

他在《与元九书》里,倾诉过自己的理想,大体意思是:

以前的诗题旨很宽宏,后来周衰秦兴,诗歌不用来补察时政描述人情了,就变成伤别怨思了,再后来也不过沉溺风花雪月罢了:那就太小众了。

所以我不能这么肤浅啊,我作新乐府讽喻诗,作闲适诗,作感伤诗,也作杂律诗。讽喻诗要兼济天下,闲适诗要独善其身。

我也知道喜欢我诗的,许多是喜欢杂律和《长恨歌》。可是大家所喜欢的,反而是我不喜欢的。

我也知道我的讽喻诗太质朴太直白,闲适诗太迂阔,这些也就你(指元稹)喜欢了,不知道后人喜欢不喜欢,现在也就你知我的心了。

以白居易的大才,要写出让学者诗人们赞叹的玩意,自然轻而易举。

但在他眼里,诗不该只是风花雪月山水怨思,也应是上下相通的途径;不该是一部分人的玩物,也可以是人民的艺术。

故此他以大才子的身份,尽量写点大家都能读懂的诗歌,以便扩大诗的影响力。

他的通俗易懂是有意为之的，而且如苏轼们自然能懂得：白居易的浅易并不影响他的高妙。

说一个反例：乾隆。

金庸先生曾引周作人和稻叶君山的说法，认为乾隆的诗妖异在：

——编不出字来，就用虚词垫字。如此许多诗，不只是俚俗，还很像是强凑而成的。

"伍胥文种诚可是，之二人前更属谁？"

第二句这个"之"字，给人感觉是编不出来，硬凑一个字平衡字数的。

"当前也觉有奇讶，闹后本来无事仍。"

其实写成"闹后本来仍无事"也无妨，但因为"事"字不合辙，乾隆就任性了，写作"无事仍"。

所以平易近人，也分不同。

像白居易不是只能写大白话，他能驾驭各种体例风格，只是他希望将诗歌的路子拓宽，于是刻意为之，是所谓诗歌界的人民艺术家，乃仙人下凡尘。需要的时候，《长恨歌》《琵琶行》《游悟真寺诗》这样的大长篇，也是张嘴就来。

而乾隆的平易近人,是他只能写大白话,乱七八糟凑几句假装押韵,就好像是诗了。

更进一步讲:

白居易是可以写就"扪萝蹋樛木,下逐饮涧猿。雪迸起白鹭,锦跳惊红鳣",可以"汉使却回凭寄语,黄金何日赎蛾眉?君王若问妾颜色,莫道不如宫里时",也可以一口气一百二十句《长恨歌》。

但他也可以跟咱们"满面尘灰烟火色,两鬓苍苍十指黑",浅易深挚,为普通百姓发声。

乾隆是需要虚字垫字才凑得出来诗,好吹嘘自己的功绩。至于写诗为卖炭翁这样被宫使欺压的百姓发声,就不要指望了。

风流传奇背后的故事

2

东床快婿这个典故,出在王羲之身上。

《世说新语·雅量》有个段子:郗太傅郗鉴,派人去跟王导家要个女婿。人回来说,王家的几个儿郎都不错,听说来要女婿了,都很矜持,只有一个少年,在东床上敞着肚子躺着,好像事不关己。

结果郗鉴就挑了这个敞肚子的少年,作为自己的东床快婿——那就是王羲之了。

听着很风流潇洒，但对于当时的情势，我们得补充两句。

衣冠南渡后，东晋初期，是所谓"王与马共天下"。东晋门阀交替，王庾桓谢轮掌大权，那会儿恰好是王家最盛时。

当时，郗鉴乃是王导与庾亮之间的平衡点。他与王家结亲，也算是东晋太平的内部协议：毕竟那时正是王敦之乱、晋明帝初登基时节，需要内部和谐。

这么一看，好像王羲之的风流雅量背后，也有长辈们的算计了？

唐高祖李渊雀屏中选，也是一则传奇。据说他去向窦氏家族求亲时，窦氏的父亲窦毅要办射箭比赛。立个屏风，画个孔雀，射中孔雀者得胜。李渊射箭中雀，娶到窦氏，可喜可贺，帅得不行。

可是这里头，实在有点儿可琢磨的细节。

那时平民百姓，哪里懂得射箭？将门子弟，才懂这个嘛。

这其实已经是筛选过一遭了。

李渊何许人也？他的父亲李昞是陇西郡公、唐国公；爷爷李虎*更是西魏八大柱国之一；李渊的母亲独孤氏，是独孤信的四女儿、隋文帝皇后独孤伽罗的姐姐。即，李渊见了隋文帝杨坚，得叫一声姨夫。而窦毅的太太，是宇文泰的女儿——北周宇文氏，被杨坚篡位夺权的宇文氏。

这么一算，窦毅跟李家结亲，到底是真看中了女婿的射箭本事，还是指望关陇贵族内部和睦呢？

窦毅和李昞在北周时同朝为官，彼此的儿子会不会射箭，想知道的话，一点都不难。

北宋初宰相晏殊，众所周知的大词人，清瘦得很，吃饼都得把饼卷在筷子上撕着吃，人也清雅俊秀。据说他挑女婿眼光极好。当时还没成名的洛阳少年富弼，被他挑中了，从此登第拜相，平步青云。有个很传奇的段子是，晏夫人专门找了名占卜师王青，请他给看相，一开始就直奔主题：富弼这孩子前途如何？

王青掐算之后，回了一句"将做状元，日后为相国"。晏夫人一听，心想这还等什么呀，于是催着晏殊，赶紧把富弼招为女婿。

——听着很传奇吧？真是神算啊。

——然而晏殊也不是随意听个算命先生的话，就把女儿给许出去的。

《东轩笔录》说，不只是晏太太关心未来女婿，晏殊自己挑女婿时，也找了人参考，但

* 题外话：因为李虎的缘故，虎牢关后来一度被叫作武牢关。

没找占卜师,而是找了范仲淹。

范仲淹说富弼以及另一位才子张方平"皆有文行,他日毕可至公辅,并可婿也",且富弼"器业尤远大"。

于是,富弼就成了晏家姑爷。

这么说有点儿现实,但是婚姻制度最初,其实跟爱情关系不大,而是两个家族为了保障彼此的资源与利益,做出的家族统合。

后来人类有了法律保护私有财产,有了思想解放追求个性自由,婚姻才越来越重视精神诉求,爱情的比重才重了,但这毕竟是后来才延展出来的。即,婚姻制度本身,终究只是个经济至上的举措。

所以我们都喜欢听风流潇洒、不拘一格的婚姻故事,就因为够浪漫,不俗,不那么现实——虽然仔细想想,其中都难免有些细密的安排。

连我们熟知的郭靖黄蓉那段虚构的爱情史,都是如此。

归云庄黄药师初见郭靖时,看他是江南七怪弟子,便大不客气;对欧阳克所知不多,但既然是欧阳锋的侄子,便许亲了。他后来在桃花岛,终于允许郭靖与欧阳克公平对决,乃是因为洪七公到了,而且认了郭靖是自己的弟子。

您看,连素来不拘礼法的黄药师,都会在选择门第时不自觉地有所倾斜呢。

郭靖再有主角光环,也得是成了洪七公的正式弟子,才能获得与欧阳锋的侄子对决的权利。

这世上许多事,从来就不是真正公平的。

古代人的牙齿

3

　　汉字里，牙与齿，本来不算一回事。

　　春秋时候，宫之奇说人嘴唇没了，齿就寒，所谓唇亡齿寒。但是为什么不说牙寒呢？

　　因为齿最初特指大门牙，在嘴唇后面，似铡刀，专管把吃的东西切断；牙特指臼牙，在腮帮子后面，专管把切断的食物磨一磨，以便人消化；嘴唇没了，臼牙也冻不着。

正常人都喜欢整齐的牙齿，最好的是齿如编贝。牙齿在满嘴里横生倒长的，一张嘴，跟溶洞的石钟乳一样，餐盘里的食物都要吓一跳。牙齿参差不齐的，叫作龃龉。如今人起纠纷，称为龃龉，其实就是两颗牙对不准，咬不齐，互相恨得慌。

牙齿整齐了还不够，还得洁白。《诗经》说姑娘"齿如瓠犀"，牙白得像葫芦籽似的。评书里说穆桂英"牙排碎玉"，但生起气来就"咬碎银牙"，无论是银牙还是碎玉，都是雪白的。"咬碎钢牙"的，那一定是男主角。

圣人的品位很奇怪，不喜欢牙太整齐。周武王一龇牙，就能吓人一跳：他老人家是个骈齿，门牙都长重叠了。周朝人说好，说这是圣人相，性格刚强。之前的帝喾也是骈齿，之后的孔子也是骈齿。李煜亦然。想象李后主"林花谢了春红，太匆匆"，吟完一龇牙，门牙都叠了，很煞风景吧？

圣人小时候一定都没遇到好的牙科医生，也没见过矫正仪。

孔子曾经龇着被视作圣人之相的骈齿大牙，去找老子说了几次话。老子后来不太喜欢他，骑着青牛出函谷关去了，说是道不同不相与谋，遂西赴流沙。他们的道不同在哪儿呢？《太平广记》里形容老子"大目疏齿"，即大眼睛，牙齿疏疏落落的。

——你孔子的牙齿排得紧叠,都骈起来了;老子我的牙齿就很疏落,牙缝甚至可以过火车。牙齿不同,怎么能做朋友呢?再见了您呐!

老子关于牙齿的段子还不少。他的师父常枞先生病重,老子骑着牛就去看他。常枞张嘴给老子看看,明知故问道:我的舌头还在不?老子说:在。常枞又问:我牙齿还在吗?老子说:没啦。常枞再提问:你明白了吗?老子说:舌头在,因为软;牙齿不在,因为硬——柔能克刚啊!

老子当时心里一定想:师父真好,知道我牙缝大,还特意用自己一张没牙的嘴鼓励我。没牙怕什么,有舌头就行了。

但人若营养不好,也可能掉牙齿。上古人吃东西,很喜欢各类带油水的肥嫩物,应该就和牙齿状况不好有关。宋玉招屈原的魂魄时,写的菜谱是"肥牛之腱,臑若芳些",这种东西,咬都不用咬,一口下去就好。

1615年,德川家康在临终前一年,发动大阪之战,意图解决丰臣家,把日本彻底划归德川幕府治下。当日也,对方的真田幸村奋勇突击,以寡击众,险些完成逆转,此后日本人都奉幸村为"真田日本第一兵",将其吹成了偶像派。但真相是,幸村那年

48岁,因为在九度山隐居过久,营养不良,头秃了不说,牙齿也掉得差不多了。

龌龊这词,现在是骂人话。但最初,龌字就是在房间里吃完东西不净口,满嘴发臭;龊字就是牙齿咬合不齐者。因此,龌龊就是一口牙既不齐,又不洗,嗅觉和视觉上都很折磨人。

《红楼梦》里,贾府规矩重。吃饭后,大家用茶水漱口,再洗手,另捧上茶来喝。贾宝玉除了用茶水漱口,还用青盐擦牙。古代人不一定知道盐和茶里含氟,能消炎杀菌,但经验沿袭,用得恰到好处。

孙思邈就说:"每旦以一捻盐纳口中,以暖水含",可以"口齿牢密"。孙爷爷这话,不知道救活了多少私盐贩子。聪明一点的盐贩子应该卖一车盐,送一本孙思邈的药方,嚷嚷"我们的目标是——没有蛀牙!"

《三国演义》里,曹操被射掉了门牙。那时曹操正值花甲之年,离过世还有一年多,这最后一年的时间里吃东西都吃不好,让人心疼。

所以,古代人也知道,牙齿得疼惜啊。

宋朝人想过变花样，比如，以柳、槐、桑等树枝水煎熬，入姜汁，混兑些其他东西来洗牙，后来觉得还是不如盐好使。所以到《红楼梦》写作那会儿，大家还是用青盐和茶。

欧洲人为了护牙，可花了不少功夫。埃及人护牙，使过牛蹄子、烧焦的蛋壳和石灰粉，不知怎么想的；希腊人和罗马人是用碎骨头和牡蛎壳，这不知道是打算净牙还是磨牙。阿拉伯人使用烧鹿角、蜗牛和石膏，也动过用香草、蜂蜜、铅、铜的念头——反正外国人是真舍得拿牙齿做试验。到英国人发明正经的牙膏牙粉之前，真不知道他们的牙齿挨了多少疼。

光漱口还不行，得刷牙。上古的人用手指刷牙，使的是右手中指。蘸点盐，或者其他什么东西。这方法很方便，但也很老土。明朝时，有人提出过改良法子：右手中指刷牙太落后啦！——我们要用左右手同时擦牙！！

可以想见，明朝时，天蒙蒙亮，大家在井台上一字排开，抬双肘，伸两指，在嘴里稀里呼噜地一通擦；刷牙刷急了，手指皮都能磨破。最怕的就是，谁刷得正欢，忽然惨叫一声："我早起刚拣了驴粪！忘洗手了！！"

当然不是没有刷牙的器具。唐朝时人们将杨柳枝泡水里，要用时，使牙齿咬开杨柳枝，杨柳纤维泡发了，支出来，像细小的梳齿。再点些药末，就把牙给刷净了。寺院里尤其爱用这个，还总结出杨柳枝的十大好处。但这个毕竟没有广泛流行：谁家每天供你那么多杨柳枝呢？

世界一般公认：现代意义上第一柄牙刷是中国人发明的，那是15世纪末，哥伦布刚发现新大陆不久，明朝孝宗皇帝把野猪鬃毛插进了一支骨质把手。欧洲商人把这玩意带了回去，先是当宝贝——没法子，之前欧洲人都使碎布擦牙来着。刷了一阵子，痛惨了：野猪毛太硬，牙龈刷出了血，中国皇帝的牙龈是铁打的吗？只好再想法子改良：刷毛试试鹅毛如何？刷柄试试竹木如何？……

总之，在不知多少牙龈牙齿流血的代价之下，我们才见着现代的牙刷。

牙齿是很难伺候的，因为牙齿不是骨头——不然早被磨平了。牙齿外头是珐琅质，很硬实；中间是象牙质；最里头是牙髓，包含神经线和血管。牙髓跟牙龈那儿稍一打架，就痛得人哭爹喊娘。

以前世上还没有注射器时，没法打麻药。你张着嘴，坐在唐朝或中世纪阿拉伯的凳子上，看医生把药物烧了或水煮开，拿烟或水蒸气熏你的牙。熏着熏着，你犯晕，甚至有点恶心，但牙好像不疼了。医生拍拍你：回去吧。

但第二天早上，你又被牙疼醒时，就知道这法子治标不治本。要想治本，就得拔牙。

因为大家都恨牙疼，却又怕拔牙，江湖郎中才有饭吃。老北京天桥上，经常有人卖些"哭来笑去散""一咳掉牙丸"之类的东西。都是号称往牙龈上点一点，人一咳嗽一喷嚏，蛀牙自落，方便得很——虽然这里头，许多都是江湖骗子。

宋朝的时候，补牙镶牙已经很发达，许多老人家都爱去补个牙，以显年轻。陆游很豁达，写诗侃道"染须种齿笑人痴"，觉得染发和补牙都没必要。由此可见，85岁高龄过世的陆放翁先生，一定须发皆白，牙一颗不剩也没去补，吟诵"死去元知万事空，但悲不见九州同"时，一定满嘴漏风，稀里呼噜的。

呼名

4

"我叫你一声,你敢答应吗?"

银角大王这么跟孙悟空说,孙悟空就跟他玩起了文字游戏:

孙行者,行者孙,者行孙,来回折腾。银角大王都愣了:该死的猴头,怎么这么多名字呢?

孙悟空的名字,确实太多了。悟空、行者、猴头、大圣、孙长老……

妙就妙在,听名字,就能听出是谁叫的。

悟空，那只有唐僧、观世音等几个长辈老熟人可以叫。沙僧就不会叫。

大师兄，这只有猪、沙、龙三位队友会叫。

泼猴，那就是唐僧和观世音会叫了，猪八戒偶尔背地里叫叫。

大圣，那就是土地神、太白金星、六丁六甲这些天宫旧识会叫了。

孙长老，那是西游各国的国王们的叫法。

"我道是谁，原来是五百年前闹天宫的猴头。""原来是弼马温！"这句话一出，不用问，妖怪一定上面有人。凡间的野妖怪，那就没这信息源。

名字称呼，真复杂。

名与字，还得分开。刘备字玄德，曹操字孟德。日本人在20世纪上半叶有段时间，连名带字一起喊，如刘备玄德，曹操孟德。田中芳树们后来还澄清过几次，不能这么唤。

古代人的名，用来自称，或让长辈喊，显得谦卑；字则代表敬意。

比如刘备去见诸葛亮，不自称玄德，而自称备。曹操和刘备关系还好时，当面称玄德，不叫他小刘、小备。字是留给别人叫的，名是留给长辈和自称的。好多影视剧漫画，没搞对这一点。比如有漫画里，夏侯惇跟熟人自称元让。有电影里，诸葛亮跟熟人自称孔明。这都不太对。

也有例外，比如《三国演义》里，赵云说"常山赵子龙"，张飞说"燕人张翼德"。但是请注意，这都是冲敌人说的，用来自抬身价。赵云跟熟人说话时，也不会自称子龙。

当然这称呼，也很百变。刘备初见诸葛亮，称其为先生；出山后，称军师，或孔明；白帝城时，称丞相；给阿斗留遗言时都称丞相，而不直呼亮。

叫错了怎么办呢？许攸为曹操献计，得了官渡。之后他开始得意了，直呼曹操的小名。于是：

许攸恃功骄嫚，尝于众坐呼操小字曰："某甲，卿非我，不得冀州也！"操笑曰："汝言是也。"

然内不乐，后竟杀之。

错喊个小名，就得死。

许多新社会的人，也很容易拘泥于此道。按说徐志摩已经算新派人了，但江绍原先生 1926 年说，有一次他写信给徐志摩，信里头直呼了"梁启超"其名，没有写诸如"梁任公"之类的尊称，徐志摩便很不高兴。

不止中国如此。美剧《权力的游戏》里，故事背景很接近欧洲中世纪，于是大家很容易在称呼上琢磨，纠结"my lord""my queen"之类字眼名分的场景就很多。电视剧里有一个书里没有的细节：泰温公爵看出史塔克家的二小姐艾莉亚不是普通农家女，便提醒她："你叫我 my lord，可是一般农家女是叫 milord。"艾莉亚面不改色心不跳，说自己服侍过某某小姐，知道怎么正确地称呼贵族。泰温则意味深长地说："你可能太聪明了点。"

一个称呼看得出阶级高低，在英国中世纪也是如此。

称呼，表面看是礼仪问题，骨子里，还有等级制在作祟。
称呼越琐碎细致，越是尊卑分明，越容易生事。

所以 1949 年之后，人与人之间，一时没那么多琐碎称呼。那时最流行的是两个称呼：一是同志，二是师傅。
到 20 世纪 80 年代末，同志听来有点生硬，师傅听来像在称呼体力劳动者。称呼先生呢？太生疏。虽然不讲等级制了，但社交礼仪一细致起来，终究得分亲疏内外嘛。所以就有了老师这称谓。不亲不疏，还恰如其分地表达了尊重。

如果是呼前辈，老师二字，表敬重，跨性别，永不会错。
如果是呼平辈，老师可以表一点调皮、揶揄和小恭维，而且适合在第三人场合使用。
比如我和甲朋友见乙朋友：

我（对乙）：甲老师上个月刚出了本新书，可棒了。

甲（对乙）：张老师每天就这么挤对我，我写得可慢了。

当然，这词用多了，又衍生点别的意思。

老师这个称呼，无形中把社交关系移回了学校，显得俏皮，还比较百搭。不远不近，又亲又轻，没那么正式又不至于侵犯隐私，是一个很柔软的词，挺好。

《鹿鼎记》里，有这么段神来之笔：

吴应熊初见韦小宝，急着讨好他，于是说："桂公公，我……在下……在云南之时，便听到公公大名。"

之后金庸先生特意注了一段：

他先说了个"我"字，觉得不够恭敬；想自称"晚生"，对方年纪太小；如说"兄弟"，跟他可没这个交情；若说"卑职"，对方又不是朝中大官，自己的品位可比他高得多，急忙之中，用了句江湖口吻。

这一个"在下"，挑得可是大费周章。这是真聪明。

都说古代人讲礼仪互敬互重，但日子如果真过成这样，那真是远观不如亵玩。对于没眼力见不懂得变称呼的人来说，若生活在韦爵爷那个时代，大概怎么死的都不知道。这就又得说老话题：传统文化有其实用的一面，有其审美的一面。譬如我们觉得孔子讲六艺里提到的驾驶马车的技术很是美好，但对现代人而言，大概学开车比较实用。

　　同理，许多礼仪当作文化遗产保留着就挺好，真搁日常生活里，估计都消受不了——虽然拿"老师"作为万用称呼，难免使人觉得有些敷衍，但比起吴应熊这样每说一句话都要斟酌用词，那还是现代社交轻省啊！

画家们怎么好意思跟雇主要钱呢?

5

1487年，佛罗伦萨的画家菲里皮诺·里皮先生接到了一个壁画订单，合同上说：

"作品中一切人物，须由画家亲自完成。"

您会想：这不是废话吗？请您画画，可不都得自己画？

其实不然。欧洲艺术家在文艺复兴后，都讲商务规矩，皆是鹭鸶腿里劈出四两肉的聪明人。订单太多，为了批量完成，就让助手学徒帮着画。意大利大师里，师父坑学徒，甚至抢学徒的作品署自己的名，屡见不鲜。当然也有例外，比如1488年，意大利大师吉兰达约就遇到过一件事：有个14岁学徒的爹上门来，理直气壮地跟他要钱，吉大师却生不起气，老实支付了薪酬。为啥呢？因为那学徒才华横溢，名唤米开朗琪罗。

话说回来，艺术家赚钱确实不易，于是格外精刁；雇主也不能笨了，就须与艺术家斗智斗勇，订好协议，别被绕了弯子。正如里皮先生这份合同，言下之意：人物都得画家自己画，风景之类是可以由学徒画的。后来鲁本斯先生的弟子凡代克更牛了：他画肖像，一般只有脑袋与手是自己画的，其他部分，都指挥徒弟完成。

欧洲北方画家，还要惨一点。在荷兰还处于世俗社会时，画家面对的不是意大利的教廷，而是新贵阶级与地主大众，他们算起钱来更抠搜。比如伦勃朗那幅著名的《夜巡》，画里16人每人付100荷兰盾，其中领头两位各付200盾，合计1800盾，但伦勃朗画完了，人家嫌不好，付账推三阻四，最后到手的钱也零零星星。

晚年伦勃朗给阿姆斯特丹市政厅画《克劳迪斯的密谋》，接了1000盾；刚画完就被要求退还1/4的金额，因为市政府嫌难看；后来市政府找了一位德国画家另外补了一幅，就把伦勃朗那幅画退还了，钱当然是照单全部索要回来的——你敢不还？市政府岂是你欺骗得了的？

真不易！

相比起来，中国画家呢？董其昌们会这样描述：中国古代画家，那都是风流倜傥，游戏人间。纯出天然，千金不易嘛！所谓"翰墨余闲，纵情绘事"。相比起欧洲艺术家们一本正经订合同交稿子，似乎中国艺术家们潇洒多啦！

真如此？也未必。

阎立本，画过《历代帝王图》，当过唐朝宰相，名垂天下，声闻后世。但他遇到过一件事：唐太宗与一群学士在春苑划船游玩，看见好看的鸟儿，就让学士们歌咏，召阎立本来画画。外头就嚷了："画师阎立本！"——阎立本那时，官位是主爵郎中了，他一头大汗地跑来，趴在池边，调色作画，其间抬头看看座上宾客，难过极了。回去了，对儿子说：我少年时候，爱读书，这倒也还好；只是被人知道会画画，被呼来喝去当仆役，丢人丢大了。你记着：千万别学画画！

唐宋之际，为宫廷画画的诸位，多少都经历类似命运。
不为宫廷画画的呢？也有自己的烦恼。

八大山人朱耷，出了名的不羁。都说他老人家去跟贩夫走卒玩儿，兴浓之时随手画几笔；达官贵人来求画，反而不允，潇洒得一塌糊涂。然而17世纪末，南京的黄研旅却托一位中间人给朱耷带了12张纸，以及一笔所谓"倾囊中金为润"的钱，一年后，朱耷寄回了12册页。

这里的"润"字，可别小看，后来画家们报价，都用"润例"这个词。

个性潇洒的大画家石涛，曾跟人写信讨价还价：十二屏风的画作要24两银子，但十二通景屏风却要50两银子。郑板桥公开挂过润例，一幅中尺寸挂轴四两银子，他老人家1748年说过，年景好时，一年卖画能赚上千两。那显然已经不是闲来画着玩了，得是专业投入，才能有这产量。

由此看来，中国古代画家，其实也不都那么闲散萧然，画画也不是免费的。但画家大多是读书人，君子不言利嘛。所以一般来说，订购画作，得有个中间人，把那些铜臭味十足的事儿抹过去。委托人得了画，画家得了钱，而且宾主尽欢，留了面子。许多时候，甚至委托人交换画作的酬劳不是钱，而是人情或实物。比如，唐伯虎就被请去苏州富商家里吃住，画完之后，拿到了古董铜器与丝绸作为酬劳——这就是作为一个宾客的姿态，比单是拿钱，要风雅多啦。

最微妙的例子是：清朝一位女士缪嘉蕙，因给慈禧太后画画,入宫赏了三品服色。当然,她不只是以画换功名,实际上她所画的,都被慈禧拿去署名嘉赏大臣了,因此不妨把她看作慈禧的代笔枪手。但考虑到三品服色,她大概也是历史上最富贵的枪手了。

嵇康

6

嵇康*，字叔夜，世称嵇中散。

魏晋风流的代表，很英俊，会养生，极为潇洒，还会打铁。临终一曲《广陵散》，天下皆知。

后来《射雕英雄传》里，黄药师学魏晋风度翻白眼，"非汤武，薄周孔"，指的就是嵇康。

话说，嵇康之死是怎么一回事？

* 嵇康（224—262），字叔夜，谯国县（今安徽省濉溪县）人，三国时期曹魏思想家、音乐家、文学家。"竹林七贤"精神领袖。今有《嵇康集》传世。

嵇康入狱,是因为牵涉一件曲里拐弯的腌臜事。朋友吕安的妻子被吕安的哥哥灌醉了睡了,那大哥还反咬一口,诬告吕安不孝。嵇康就跟这位大哥绝交,为吕安申冤,结果被抓了。按说罪不至死,但经添油加醋,他还是被当权的司马昭下令杀了。

何至于此呢?

嵇康生在公元 223 年——刘备逝世那年,此时曹魏立国已有三年。

嵇康是谯郡人——曹魏开国武帝曹操的同乡。其父嵇昭,是曹操手下督军粮治书侍御史。不知道曹操那所谓"借粮官首级以安众心"的传说,他父亲知不知道。

嵇康的妻子是长乐亭主,姓曹。所以他是曹家的姑爷。

嵇康 26 岁那年,发生了著名的正始之变。

这事一言难尽,简单说便是:曹丕、曹叡两代曹魏天子,都托孤于司马懿。曹叡托孤的,是曹爽和司马懿二人。

曹爽跟何晏*他们是想更旧制的。于是司马懿伙同老将们闹事,趁曹爽与天子出门时,占领了洛阳。

司马懿随即使出杀招:让诸多老将去做担保,骗曹爽交了兵权;回头却出尔反尔,翻脸不认人,杀了曹爽,杀了何晏。

这么一来,司马家固然是大权在握,但大家也看出了他们的反心。于是立刻有了太尉王凌之乱,是为司马懿在世指挥的最后一战。王凌是王允的侄子，貂蝉的义父就是那位王允王司徒。

王凌被司马懿平定，死前曾经过贾逵庙，如此高呼："贾梁道！只有你才知道王凌是大魏忠臣啊！"

讽刺的是，贾逵的儿子贾充，后来当了司马昭的走狗打手，还弑了魏帝曹髦。

时为公元 250 年，司马家掌握大权，但曹魏风波不断。军事上，有淮南三叛；政治上，魏帝曹芳废、魏帝曹髦死、名士夏侯玄被处理、夏侯霸西奔蜀汉给姜维做向导。

再说回嵇康。

既然当时的曹魏是司马家掌权，逼着大家站队，大家就得站队。

嵇康有两篇文章，极有名。

一篇叫《管蔡论》。

在此之前的一般说法是，周武王解决纣王之后，逝世了，周成王登基，年纪小，摄政的是周公，就是孔子崇拜的那位大圣贤周公。

* 何晏（？—249），字平叔。南阳郡宛县（今河南省南阳市）人。三国时期曹魏大臣，玄学家。曹操的婿养子。

管蔡二位不服，就说周公有篡国之意，于是起来造反。周公平息了管蔡的叛乱，维护了周的稳定。

时人都认为周公是好的摄政大臣，是圣人典范；相对的，西汉末年篡位的王莽是坏的摄政大臣，是邪恶标本。

曹操挟天子以令诸侯时，念诗道"周公吐哺，天下归心"。可是后世反对曹操者，也一度将莽操并称，意思是王莽曹操，一路货色，毕竟王莽篡了西汉，曹操结束了东汉。

所以当时的舆论战，就是要夸自己摄政，那是大公无私的周公，反对派则要说，权臣都怀着王莽的篡位之心。

嵇康的《管蔡论》值得玩味。

他说管蔡当年很忠诚，所以才被周文王任用。

后来发生了巨变，他们自己无法想明白这其中的道理，所以才起兵：是愚诚激发。

如果管蔡是坏人，那他们居然之前能被重用，反过来证明周文王周武王用人不明。既然周文周武都是圣人，那么管蔡就未必不是贤人。

嵇康看似是在说管蔡没有那么罪大恶极，实际上是暗指周公没那么圣贤了。

当时曹魏的掌权者，是司马家父子相传的司马懿→司马师→司马昭；曹魏的管蔡，是王凌和淮南三叛那几位。

嵇康既然说周公有问题，管蔡不一定是坏人，那对司马昭的态度，也就一目了然了。

《管蔡论》这篇如果算是暗讽，下面这篇《与山巨源绝交书》，就算表明立场了。

山巨源就是山涛*。40多岁才出来做官，升得极快。

一方面，他确实是个人才。另一方面，他出身河内山氏。

山涛的堂姑奶奶，有位好女婿，叫作司马懿。

山涛拉嵇康出来做官，嵇康回了封信。先说自己这不好那不好，不适合做官。按现在的逻辑，那话的意思大概是：

"我喜欢赖床，喜欢到处溜达，讨厌穿制服，不喜欢做文案工作，不喜欢社交，不喜欢扎堆，不耐烦，嘴又毒，好得罪人——所以我不想上班。"

但下面一段，就厉害了。原话是：

"近诸葛孔明不逼元直以入蜀，华子鱼不强幼安以卿相。此可谓能相终始，真相知者也。"

* 山涛（205—283），字巨源。河内郡怀县（今河南武陟西）人。三国至西晋时期大臣、名士，『竹林七贤』之一。

这两个典故,我们都知道的。

元直就是徐庶。诸葛亮归了蜀汉后,也没强拉旧友徐庶到蜀汉。

幼安就是管宁,跟华歆割席那位。东汉灭亡后,华歆当了三公之一的司徒,管宁独自隐居辽东。华歆推荐过他去曹魏做官,看他不肯,也就算了。

嵇康这话,"诸葛亮不逼徐庶回蜀汉,这是真相知"。言下之意,自己如果去当官,那就是魏官入蜀了。这是把司马摄政的曹魏,当作敌国看待了。

最后,嵇康还写下了最辛辣的一句:

"(不可)己嗜臭腐,养鸳雏以死鼠也。"——不能因为自己喜欢腐臭的食物,就用死老鼠来喂鸟。

如此,嵇康的文章,就是在说司马昭摄政平叛不对,说自己入朝为官是去敌国,还用死老鼠养鸟来打比方。

他对司马家如此不合作,话说得如此决绝了,司马昭还能容得下他吗?

有人说:就写写文章而已,至于吗?

答:如上所述,嵇康是曹操的孙女婿,名气大得很。再者,曹操在汉中跟刘备对峙,闹出鸡肋故事那年,另一位名士魏讽,差点把曹操老巢端了。懂行的人,是知道名士的力量的。于是司马昭动手了。

041

大抵越是得国不正如司马家，越是得逼着人人站队。站不对，那就杀。

我们中学时，大概都学过一篇文章：《陈情表》。

蜀汉灭亡后，李密被征召。他也不肯出来当官，但他比较聪明，不像嵇康言语那般直接，而是说自己祖母养育自己多辛劳，所以要奉养，暂时不能出来当官。他还特意用司马家的宗旨，来给自己做挡箭牌：

"伏惟圣朝以孝治天下，凡在故老，犹蒙矜育，况臣孤苦，特为尤甚。"——你们不是以孝治天下吗？我这样孤苦的尤其应该受到照顾呀！

这就是很会说话了。

虽是婉拒，但两边都有台阶下。

后来李密出来当了两年官就又撤了，晋也没挽留。说白了，就是不指望你真帮忙，但态度要配合。

金庸《笑傲江湖》里的刘正风和曲洋，就是按照阮籍和嵇康塑造的。《笑傲江湖曲》，就是《广陵散》。左冷禅逼刘正风跟曲洋划清界限，岳不群看令狐冲交结外人就逐他出门，都是一个道理。

小说最后，朝阳峰上，任我行让令狐冲来当副教主。令狐

冲说:

"承岳父美意,邀小婿加盟贵教,且以高位相授,十分感激。但小婿是个素来不守规矩之人,若入了贵教,定要坏了岳父的大事。仔细思量,还望岳父收回成议。"

任我行逼问了一句:

"如此说来,你是决计不入神教了?"

令狐冲道:"正是!"这两字说得斩钉截铁,绝无半分转圜余地。

朝阳峰上,群豪一时尽失色。

这一段,就是令狐冲自己的《与山巨源绝交书》。令狐冲这一刻,堪比嵇康。

这才是真正配得上弹《广陵散》的后身——《笑傲江湖曲》的人哪。

江山与河山

7

如今描述帝王多情,常说不爱江山爱美人。台湾李丽芬有首歌《爱江山更爱美人》,一个更字,格局更大些。

打江山,守江山,人们爱用江山表示天下。

各色小说里,要显得帝王宠溺,也免不了朝奸妃来一句:"看,这是朕为你打下的江山!"

岳飞有句著名的口号:"还我河山",不提江山。

《史记·赵世家》说:"燕、秦谋王之河山,闲三百里而通矣",还是河山。

我们说祖国大好河山,依然不是江山。

所以,河山与江山,差别在哪儿?

众所周知,古文里河往往特指黄河,江则特指长江,而汉特指汉水,各有所指。回看历史,可发现说河山者,大多偏古。《史记》里清一色山河、河山,来回倒腾。

大概因为上古到中古,中国核心在中原。西不过长安关中,东便是洛阳了。长江以南,要么是断发文身的吴越,要么是自称蛮夷的楚国,西汉贾谊到了长沙自觉是被流放,刘邦被项羽封到巴蜀,也觉得自己到边陲去了。南方许多地界,在古代常被中原人想象成瘴疠之地,并不真当中原自己人。

所以那时候说到天下,那就是山河或河山,以黄河流域为核心,锦绣山河,自成一统了。

当然那时也说江山,但用意与如今不同。比如《资治通鉴》里鲁肃跟孙权念叨,说荆州江山险固——那是因为荆州就是夹江而立,这里的江就特指长江了,并不是拿荆州比天下。

到北宋王希孟著名的《千里江山图》，依然是字面意思的江与山，说这江山二字就指代天下社稷，似乎也未必。

江山二字，什么时候开始有分量了呢？

苏轼《念奴娇》，怀古赤壁，说得兴起，"江山如画，一时多少豪杰！"他那时在长江边上，指点江山，这里的江山就既可以视为长江与赤壁山，也可以泛指天下了。

辛弃疾在镇江北固亭吟道："千古江山，英雄无觅，孙仲谋处。"那江山二字，依然是指着长江与京岘山念叨，但口气奇大，说是天下社稷，也不为过。

在元曲《百花亭》中，第一次出现了"定江山，安社稷"的说法，之后类似于"打江山、坐江山"的说法，也出现了。

具体而言，大概从宋朝后，江山这词，便开始代替山河与河山，成为天下社稷的代名词了。

为什么呢？

除了辛弃疾与苏轼的推广功劳之外，我猜还有个原因。
南北朝之前，北方为经济政治文化的中心，黄河文化是中国文化的灵魂；南北朝后，江南经济发达了，逐渐纳入汉人文化的主要版图；尤其是南宋年间，汉人已经习惯以长江作为最主要河流了——毕竟那时黄河离得远了，说山河，又见不到，那就说江山吧。

北宋晏殊宰相，还在念叨"满目山河空念远"，不说"满目江山空念远"呢。北宋开封就在黄河边上，北宋的士大夫还是看得见黄河的。

临了，还是得说岳飞。

他说"还我河山"，不说"还我江山"。因为南宋掌握着长江，而岳飞与他的长官宗泽一生的志向，都是渡黄河、捣黄龙，收复旧地。

所以他的理想，一直是黄河、贺兰山那些更北方的所在啊。

烂漫辛弃疾

8

辛弃疾文武全才,天下皆知。

有宋一朝,词人填词,多半围绕四件事:一是相思不得,二是年华空老,三是朝廷不用,四是打不上仗。

南宋朝,第三、四条很流行。

但这些壮志难酬的词人里,辛弃疾底气最足,是因为真打过仗,万军纵横,渡江南来。

辛弃疾聊兵戈战事,和范仲淹写"塞下秋来风景异"类似,是有第一手材料的。

但是辛弃疾也不只是慷慨豪迈。

闲散下来时,他也有疏懒潇洒、自由自在的一面。

后世有个说法,苏轼是以诗为词,辛弃疾是以文为词。

刘辰翁在《辛稼轩词序》中评价道:"自辛稼轩前,用一语如此者,必且掩口。"意思是,在辛弃疾之前,大家要是看到有敢这样填词的,一定会掩口失笑。

但辛弃疾一填下去,就"横竖烂漫"了。

《摸鱼儿·更能消几番风雨》下半阕:

长门事,准拟佳期又误。蛾眉曾有人妒。

千金纵买相如赋,脉脉此情谁诉?

君莫舞,君不见、玉环飞燕皆尘土!

闲愁最苦。

休去倚危栏,斜阳正在,烟柳断肠处。

中间两段意思大致是:

陈阿娇哪怕花千金跟司马相如买了《长门赋》,也不一定换得回汉武帝的心啊。

你们别得意!难道没看见玉环、飞燕得了宠,最后都化作了尘土吗?

"君莫舞"有点"你别来劲!""你甭得意!"的意思。

正在那里千金相如赋呢，忽然横空出来这么一句，特别有趣。

《西江月·遣兴》：

醉里且贪欢笑，要愁那得工夫。近来始觉古人书，信著全无是处。

昨夜松边醉倒，问松我醉何如？只疑松动要来扶，以手推松曰去！

这首词末尾特别有名。一个"只疑"，特别有醉汉的劲头，说着就推松树，如闻其声。

但值得玩味的地方不只此处。

《词谱》里说《西江月》上下半片，开句都是仄声。仄声音重，得有分量。

所以苏辛两人爱填词。他们都很会写分量重的词句。

这首词的可爱处，就是醉态横斜，那得工夫，全无，醉态迷离。下半片开始，醉倒是仄声，何如是叶平，你反复念，就显得前一句醉倒，像前俯，后一句何如，像后仰，摇摇摆摆的醉劲，出于音韵，最后还挺胸仰头"我醉何如"。

另一首《西江月·夜行黄沙道中》：

明月别枝惊鹊，清风半夜鸣蝉。稻花香里说丰年，听取蛙声一片。

七八个星天外，两三点雨山前。旧时茅店社林边，路转溪桥忽见。

以前上学时学到这首，同学们开玩笑说，下半片一扭句序，该是："天外七八个星，山前两三点雨。路转溪桥忽见，社林边，旧时茅店。"就忽然变成了寥散清疏的乡村散文，散文换个语序，凑上韵，就成词啦！这就是刘辰翁所谓的，以文为词。

再看《清平乐·村居》：
茅檐低小，溪上青青草。醉里吴音相媚好，白发谁家翁媪？
大儿锄豆溪东，中儿正织鸡笼。最喜小儿亡赖，溪头卧剥莲蓬。

和上一首一样的乡村词，下半片简直似顺口溜了，特别流畅。

基本上《清平乐》《菩萨蛮》《西江月》《鹧鸪天》都是句序比较整齐、句长又偏短的句子。双数字句，不像单数字句那么容易发力，所以辛弃疾专爱拿这些词牌，写些可爱的词。
国家大事拍栏杆什么的，他一般就用《水龙吟》那些词牌了。

他写《菩萨蛮·金陵赏心亭为叶丞相赋》，有著名的：
拍手笑沙鸥，一身都是愁。

他写《清平乐》,有:
绕床饥鼠,蝙蝠翻灯舞。
还有:
拄杖东家分社肉,白酒床头初熟。

这两句总让我想到苏轼的"五日一见花猪肉,十日一遇黄鸡粥"和"明日东家当祭灶"。这二位都喜欢算计东家。

西风梨枣山园,儿童偷把长竿。莫遣旁人惊去,老夫静处闲看。
意思是:别惊着那些孩子,让我在这儿静静观察他们天真无邪的举动吧。真是童心盎然呢。

也有自信满满的,比如:
我见青山多妩媚,料青山见我应如是。

也有随意感慨的,比如:
而今何事最相宜?宜醉宜游宜睡。早趁催科了纳,更量出入收支。乃翁依旧管些儿,管竹管山管水。

因为惯见辛弃疾悲歌慷慨吴钩英雄气,很容易觉得他喜欢写各色沉重苍凉的句子,所以回头看到什么"花向今朝粉面匀",什么"自笑好山如好色",顿感反差得可爱。

辛弃疾老来已经到了随心所欲的境地。比如这首：

吾衰矣，须富贵何时。富贵是危机。暂忘设醴抽身去，未曾得米弃官归。穆先生，陶县令，是吾师。待葺个园儿名"佚老"，更作个亭儿名"亦好"。闲饮酒，醉吟诗。千年田换八百主，一人口插几张匙？便休休，更说甚，是和非！

全词都口语化了，"更作个亭儿名'亦好'"，"一人口插几张匙"，单抽出来简直像明小说里的口吻。妙在这词的名字：《最高楼·吾拟乞归，犬子以田产未置止我，赋此骂之》——我请求辞官归隐，但儿子以田产还没置办为由不让我辞官，于是写了这首词来骂他。

《破阵子·醉里挑灯看剑》是辛弃疾为陈亮而写的，天下皆知。但其实这二人因缘，又不只这一阕。陈亮是推倒一世之智勇，开拓万古之心胸的男子汉，八百里奔走，只为见辛大哥一面。两个愤怒中年彼此惺惺相惜，住一起时饮酒赋诗，十分欢乐，分别后也有许多往来应答之词。如：

辛弃疾写了《贺新郎·把酒长亭说》，所谓：
佳人重约还轻别。……铸就而今相思错。
陈亮回说，咱俩确实投缘：
只使君，从来与我，话头多合。

辛弃疾再回词，感念俩人同住一起时的往事，连陈亮闻鸡起舞的事都提了："事无两样人心别。……我最怜君中宵舞，道'男儿到死心如铁'。"

终于，陈亮念出了：
叹只今，两地三人月。……男儿何用伤离别。

辛弃疾则回了首壮绝千古的《破阵子·为陈同甫赋壮词以寄之》：
醉里挑灯看剑，梦回吹角连营。八百里分麾下炙，五十弦翻塞外声，沙场秋点兵。
马作的卢飞快，弓如霹雳弦惊。了却君王天下事，赢得生前身后名，可怜白发生！

真是惺惺相惜，好一番情义！

侠骨柔情，铁血丹心。谁说男儿只重家国天下？只是两人"重约轻别""何用伤离别""我最怜君"的柔情，一般语文课本就不提了。

老去的称呼

9

司马懿的夫人张春华，甚有名，为司马懿生了儿子司马师、司马昭，父子三人基本左右了三国后期；孙子司马炎更是使三国归晋，并登基为天子。史书评价张春华说：

翊天造之艰虞，嗣涂山之逸响，宝运归其后胤，盖有母仪之助焉。

如果举办一个表彰大会，颁奖词就会是：是张春华陪伴司马懿度过了艰难的创业期，她贤惠如大禹的妻子；后代当了皇帝，也得益于她做娘的指导!

别的犹可,"嗣涂山之逸响"这话,意思倒很耐琢磨。众所周知,大禹为了治水,留妻子在家,三过家门而不入,实际上,张春华和司马懿的故事要波折许多。

早年,司马懿不想去曹操那儿做官,装瘫痪躺着,全家一起保密。某日暴雨,司马懿见书正晾晒在外头,怕浇坏,便起身收书,不巧被婢女看见:哟,老爷没瘫啊?!张春华当机立断,下手杀人灭口,司马懿大为感佩。但和大多数肥皂剧一样,男人年轻时的感情信不得。晚年司马懿宠幸柏夫人,就懒得见张春华了。某次司马懿生着病,见老妻进门,就不客气地道:"老物可憎,何烦出也!"

张春华也不知道是真觉得了无生趣了,还是太聪明,决定自杀。儿子司马师、司马昭懂事,跟着母亲一起绝食,司马懿吓坏了,连忙道歉。劝完夫人后,司马懿显然觉得没面子——本来嘛,面对诸葛亮都倒人不倒架、输人不输阵,最后却被妻儿给降住了,于是私下就跟人说:"老东西没啥可惜的,只怕坑了我的好儿子们!"(老物不足惜,虑困我好儿耳!)

如此看来,将张春华和大禹妻子作比,还真是皮里阳秋话里有话。

这个故事妙在"老物"二字。中国古代重礼制，称呼一大堆。妻子曰堂，曰妇，曰君*，曰夫人，曰内子，曰浑家*，曰婆娘，曰孩儿他妈*，曰太太，曰堂客。太太称呼先生的方法也很多，曰官人，相公，曰外子，曰老爷。《水浒传》里潘巧云说过几句"我的老公"，但当面称呼丈夫时，还是员外、官人之类，还有丈夫管妻子叫大嫂、大嫂管丈夫叫大哥的。

司马懿私下里一句"老物"，显示出一点来：夫妻相称到最后，很容易往"老"字上面招呼。

《世说新语》里有一个老段子：

大权臣桓温娶了李势的女儿为妾。桓夫人是南康长公主，霸道惯了，拿刀子要去杀狐狸精，等到真见了李家女子，却又感叹其风度温婉，于是抛刀抱住："阿子，我见犹怜，何况老奴！"

——我看了你都喜欢，何况（桓温）那老奴！桓温一世权臣，纵横天下，"树犹如此，人

---

* 君：东方朔还称妻子为细君；浑家：在《水浒传》里常见；孩儿他妈：殷代有所谓"子母"，其实就是孩儿他妈的简称。

何以堪"，风流人物，私下里在妻子口中就这待遇："老奴"。

桓夫人毕竟是公主，说话有贵族腔，看不起的就称"奴"。日常人家，该叫些什么呢？宋朝时候，真宗皇帝到处寻找隐士做官，听闻有个叫杨朴的先生，善作诗，于是召来聊天，杨朴推搪，说不会写。真宗皇帝大概想活跃气氛，就问："你此番来，有人写诗送你吗？"杨朴答说，只有妻子在他临行前写了首诗，曰：
更休落魄贪杯酒，且莫猖狂爱吟诗。
今日捉将官里去，这回断送老头皮。

这诗极有名，后来苏轼被捉去朝里审问前，还吟了这诗宽慰自家太太。这诗妙在后两句，家居气氛全出："这回把你捉官衙里，是把你这个老头皮断送了！""老头皮"三字，杨夫人的称呼也活泼俏皮得很。

至于明清之后，夫妻之间，"老杀才"成了通用词。杀才不是好话，正经骂人时就是用这个词来诅咒对方吃一刀。但夫妻间动用这个词儿，爱恨交加，有嗔有喜。

比如，张岱《陶庵梦忆》写道，有个人听了秘方，回去对付爱吃醋的妻子，请她吃了颗灵丹。妻子吃了灵丹后，立刻转了性，逢人就说：老杀才还晓得心疼我！

这老杀才三个字，又是抱怨，又是甜蜜。

《笑林广记》里则有这样一个故事：有个老头子想占儿媳妇便宜，儿媳妇跑去跟婆婆说，婆婆就跟她换了床。半夜里，老头子摸上床，还不知躺着的是自家老婆。吹了灯后，遂和床上那位兴高采烈。情到浓处，老太太忽然大喝一声，如打个霹雳：

"老杀才！今夜换得一张床，如何就这等高兴！"

哪吒

10

话说,大家估计都看过动画片《哪吒闹海》,哪吒自尽那一幕,绝对是动画史上的经典。

哪吒在大雨中对父亲高喝一声:

"爹爹,我把自己还给你。"

嚼发,瞠目,横剑,自尽。

大概这也是许多孩子一生中初次见到悲剧,初次见到主角死去,初次见到主角跟亲人恩断义绝。

这惨烈的诀别,与花果山上招展的"齐天大圣",大概就是我小时候对"叛逆"两个字的全部理解了。

我小时候看这故事时,心里常犯疑惑。

其一,哪吒有两个哥哥,金吒、木吒。按排行,他该叫水吒,为何叫哪吒?

其二,哪吒的爸爸叫李靖,商朝人,后来成为著名的托塔李天王。唐初名将李卫公也叫李靖,二人莫非重名?

其三,天庭四大天王之外,为何又多了个托塔李天王呢?

长大后,稍微读了点书,似乎明白了点。

佛家有四大天王:多闻、广目、持国、增长。

北方多闻天王,是四天王之首,音译为"毗沙门"。

多闻天王即毗沙门天王,早期的形象是:左手持供奉释迦牟尼佛的宝塔。所以多闻天王,其实也就是托塔天王。

这个多闻托塔天王,没成神前叫俱毗罗(Kubera)。根据学者梅尔·沙哈尔(Meir Shahar)的考证,唐朝时李靖太有名,印度人便把多闻天王和李靖挂了钩,以蹭热度,李靖就这样成了托塔天王。

如此,在汉语故事里,唐朝的李靖穿越到商朝去,到《西游记》里,还成了天王。

而在印度的《罗摩衍那》里，这个多闻托塔天王俱毗罗，有个儿子，名字大概类似于Nalakūvara，他曾经杀死过亚穆纳河里的Nāga——也就是《天龙八部》里的龙。

后来这个名字，慢慢演化，大概类似于Nazhajuwaluo。

中文译作那吒矩钵罗，或者那吒俱伐罗。

然后，就演化成了我们所熟知的闹海的、杀过龙王三太子的哪吒。

总结一下，印度的多闻天王俱毗罗，有个杀了印度龙的儿子那吒俱伐罗。流传到中国，多闻天王俱毗罗演化成陈塘关总兵李靖，后来又成了托塔李天王，他的儿子是闹海的哪吒。

唐朝郑还古的《开天传记》就直接称哪吒："毗沙门天王子也。"

这就是哪吒的来由。其实他的原型是个印度神，在流传过程中就有了中国独特的色彩。

当然，印度神话里，哪吒没那么传奇。

接下来，就要看中国文化，如何衍生新的传奇了。

南宋的《五灯会元》里说哪吒："那吒太子析肉还母，析骨还父。然后现本身，运大神力，为父母说法。"

说哪吒割肉还母，剔骨还父，现出本来面目，为父母说法。听起来是个纯粹的佛教故事。

明朝《三教源流搜神大全》就更富有传奇色彩了。

大概如此归纳：哪吒本是玉皇驾下神仙，三头九眼八臂，能呼风唤雨。脱胎到托塔天王李靖家里，生出来五天就闹了东海，杀了九条龙；还在天门下把龙给截杀了；射死了石记娘娘*的儿子，石记娘娘作为群魔之首不乐意了，起兵闹事。

李靖朝哪吒生气，于是哪吒割肉剔骨还了父亲。

世尊以荷菱为骨、藕为肉、丝为筋、叶为衣，让哪吒重生了，哪吒从此纵横四海。到这里，哪吒的故事原型，已经完整了。

印度神话里，哪吒只是一个杀了毒龙的少年神，中国故事里的哪吒更加意气风发，闹海杀龙，还骨肉于父亲，莲藕重生，纵横天下。

这里头当然免不了佛道混杂，但故事显然动人多了。

这中间有一个角色很关键：哪吒的父亲。

原本的印度神话里，俱毗罗好像没太参与哪吒的诞生过程。但在我们的哪吒传奇里，李靖的塑造方向，显然是个专横又软弱的父亲：对儿子则严，对外力则顺。

哪吒惨烈自尽，并不单是外力所致，也可说他是极其委屈地被父亲逼死的。

与哪吒同样三头六臂的，还有孙悟空。《西游记》的真主角。

069

我们民间另一个战斗信仰，是二郎神杨戬。

我觉得，杨戬与哪吒，堪称《封神演义》战将里的男一号和男二号。

《西游记》里，其他神祇经常动用法术，只有二郎、悟空和哪吒，算是真正面对面对打过，之后甚至还相互帮忙。

可不可以这么说，孙猴子、二郎神和哪吒，就是我们中国人自己神话世界里的战神？

金箍棒、火焰枪、三尖两刃刀，也都是传奇兵刃了。

如果将他们三位的特色归纳一下：

猴子无父无母，天生地长，要当"齐天大圣"。

哪吒割肉还父，莲藕生成，从此纵横四海。

二郎是玉帝外甥，然而听调不听宣，自保一方百姓，"斧劈桃山曾救母"*。

更进一步讲：

悟空一度被压在山下，终于归来；哪吒一度死去，然后重生。

* 石记娘娘：为《封神演义》里的石矶娘娘。

* 斧劈桃山曾救母：二郎和他的外甥沉香，都有劈山救母的传说。

民间故事的走向，往往蕴含着人民的美好愿望。

大圣、二郎、三太子。这三个人物相似的命运走向，意味着什么呢？

比起满天道貌岸然的神佛，他们三个都是一身少年气象，能打、叛逆、自由，与专横的父母和舅舅一刀两断。

这里说句题外话，《西游记》里，悟空甚至和哪吒合谋玩了一次"装天"的把戏。这么夸张的玩法，其他六丁六甲二十八宿估计不敢跟悟空玩，也就哪吒和悟空一对少年心性，敢于如此折腾。

在《五灯会元》里，哪吒骨肉还了父母，是为了传法。

在民间故事里，哪吒骨肉还了父母，是为了诀别，然后，奋然重生，纵横四海，震慑群魔，报仇雪恨。后一个故事情节显然更富有冲突性，疼痛之中，带着快意。

我们的传统文化里，很难出欧洲神话里那样惨烈的弑父剧情。哪吒这样的诀别，是多少少年奋然痛别的必然。横剑那一下，饱含着多少被逼迫到极致的痛烈呢？我一个朋友说，他小时候看哪吒自尽，最解气的一刻反而是哪吒死时，李靖瞠目结舌那一下，因为，"这一下知道后悔了吧？"

不过，人要通过自我伤害，才能让逼迫自己的长辈后悔，那也是无可奈何，委屈到极致了。

孙猴子"齐天大圣"四字，对抗的是玉帝。

哪吒横剑自刎，诀别的是老爹。

本来君权和父权，是中国古代文化里，最无可抵抗的强权。他俩的少年气与叛逆心，都在这里了。

我觉得，这是许多少年对哪吒自尽感同身受的缘由。

也许在亲子关系里，他已委屈了太久太久，但在传统的重压下，挣脱实在很难。

哪吒这一下自尽，仿佛是独立的阵痛，是每个人必经的旅程，负载了人可以承受的最大委屈，以及为了自由必须付出的极限代价。

爹爹，我把自己还给你。

背负的压力放下了，不用委屈自己了，改头换面随心所欲了。

哪吒做出了如此惨烈的诀别，才真正成为自由恣肆的少年。

其实，我们一直在
碎片化阅读

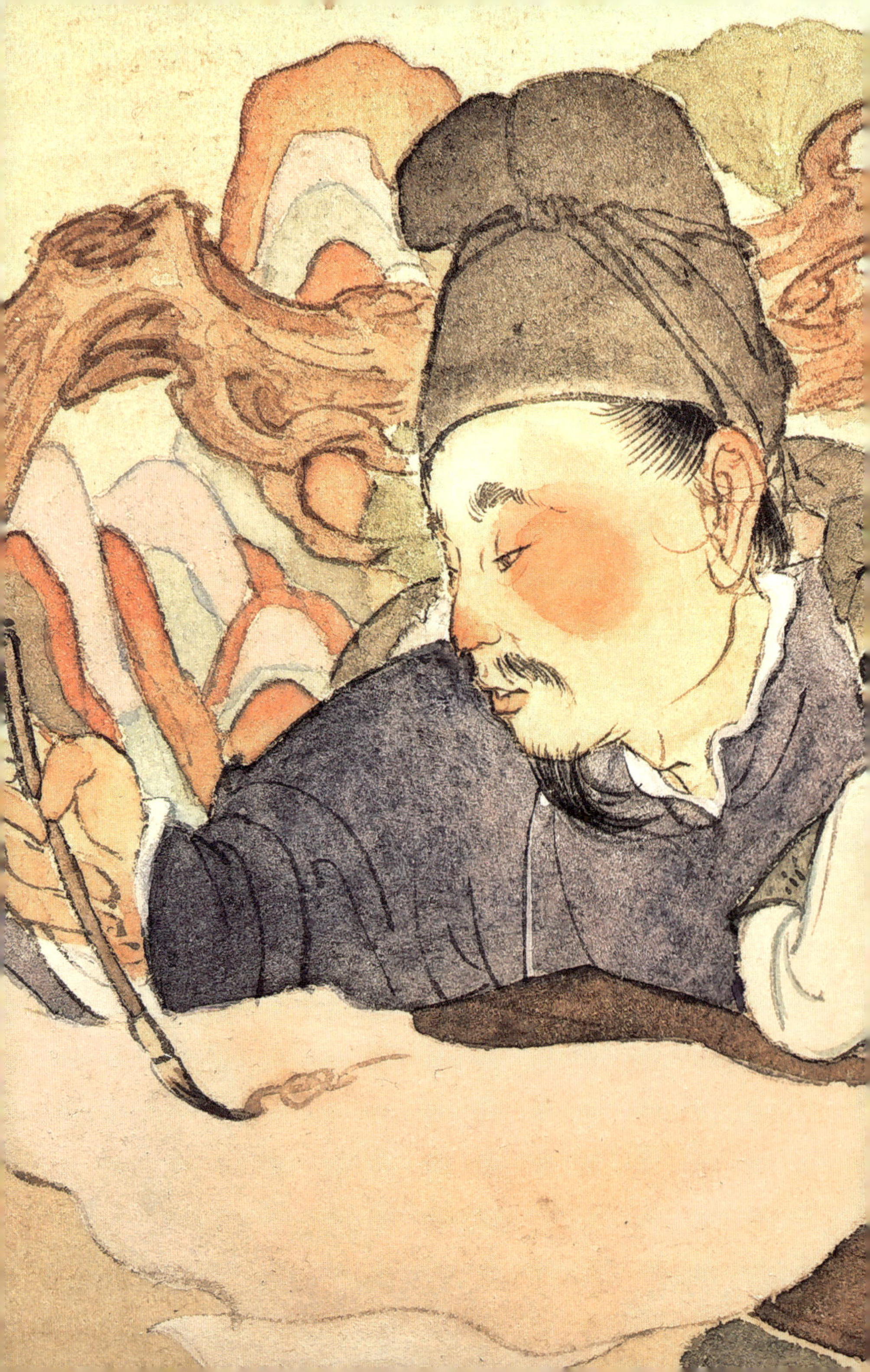

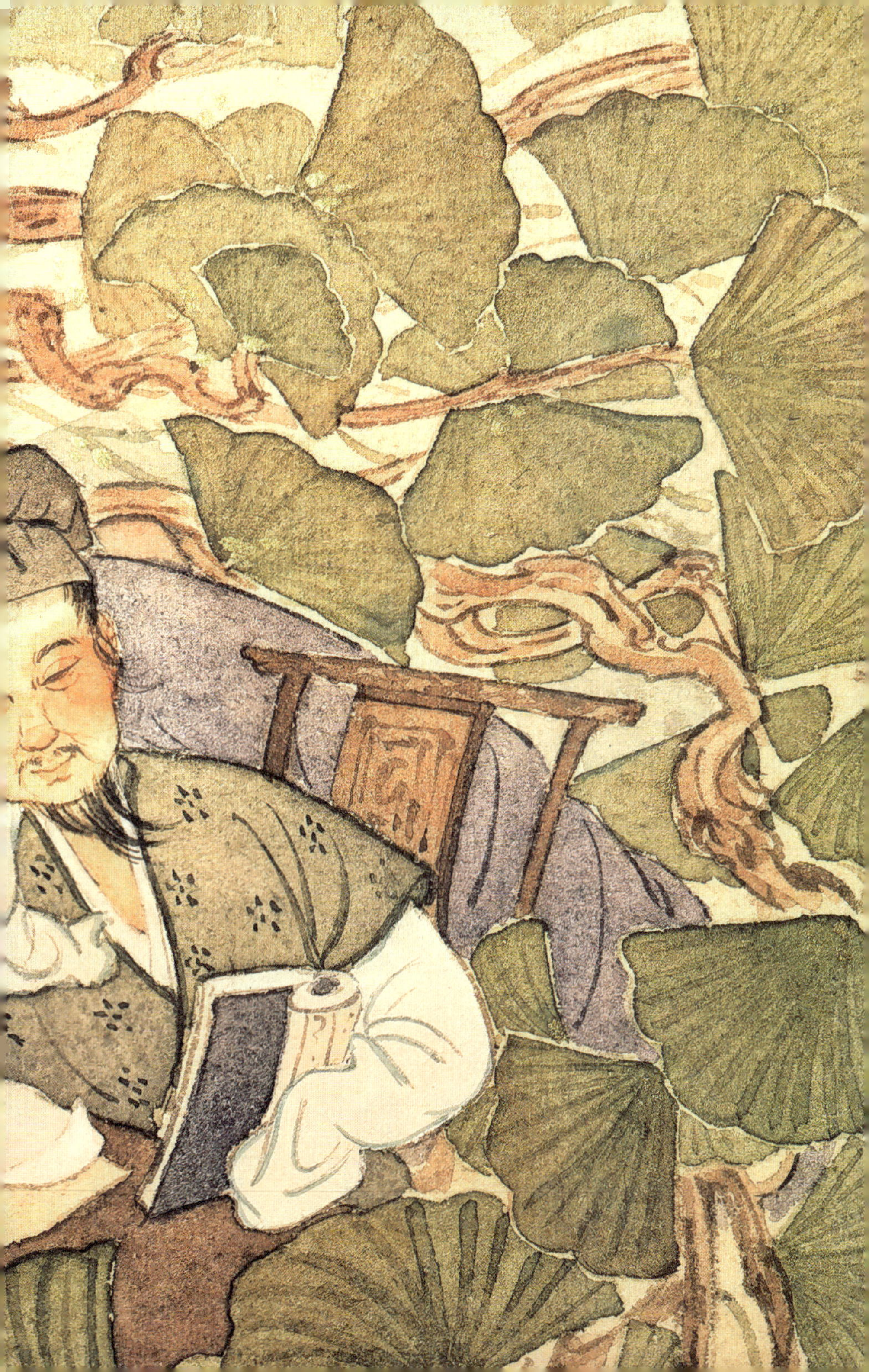

11

手机时代,全世界都在碎片化阅读。车站餐厅,田间地头,抑或是在深夜街道,打开手机,划拉开一段,迅速读完,抬头,下车了,朋友到了,开饭了。

这现象很新吗?也未必。

碎片化阅读和碎片化写作,说起来倒是中国文人的传统。

中国文人,向来爱写笔记。班固《汉书·艺文志·诸子略》里,将类似文字视为街谈巷语、道听途说。后世名家,则琐闻、小序、清谈、掌故，聚拢一堆，就是笔记小说了。

在明朝之前，笔记小说其实是文本作品的主流。《庄子》《世说新语》《搜神记》，大致都是如此。其或《太平广记》之类，也是短篇作品。

宋朝时更是热闹，欧阳修的《归田录》就是典型的例子。大文人如他，既要编史书流传千古，也要写掌故记录日常。洪迈尤其闲得无聊，《容斋随笔》《二笔》《三笔》，写个不停。

赵用贤在《刻东坡先生志林小序》里写道：

其间或名臣勋业，或治朝政教，或地里方域，或梦幻幽怪，或神仙伎术，片语单词，谐谑纵浪，无不毕具。而其生平迁谪流离之苦，颠危困厄之状，亦既略备。然而襟期寥廓，风流辉映，虽当群口见嫉、投荒濒死之日，而洒然有以自适其适，固有不为形骸彼我，宛宛然就拘束者矣。

所谓"襟期寥廓，风流辉映，……洒然有以自适其适"，大概就是后世笔记小品文的精神了。

明朝时，长篇叙事作品流行。从《三国演义》到《水浒传》到《西游记》到《金瓶梅》，大略都算市民读物。比如明朝开国到正德年间，以《三国演义》和《水浒传》为首的作品，当时一度被合为《英雄谱》，用以歌颂英雄传奇。

正德到嘉靖年间，民间刊刻发达，神魔小说发展，于是有了《西游记》。

其他演义类小说继续发展，比如《宋书志传》《大宋中兴演义》。隆庆到万历年间,《金瓶梅》出现。小说题材从英雄神魔,落脚到凡人故事。艳情小说如《如意君传》,也是这时候出来的。到这时,《三言二拍》出现了。

大概明朝小说流行的历史,是先历史剧,再仙侠剧,最后,大家都看上家庭伦理剧了。今时今日的电视剧发展,也差不多是这路子。

明朝时叙事作品的发达,间接促进了印书商的产生与阅读习惯的养成。话本产生于宋朝,到明朝大发展,实在不是偶然。普通百姓和书生,都有阅读的需要了嘛。

这或许是晚明小品兴盛的原因:市民们有市民小说可读,文人士大夫如公安三袁等,经史章句之余,文章发之于小品。

许多小品,如张岱《陶庵梦忆》,如李渔《闲情偶寄》,并不是严肃的论文,而是个人情趣的产物,发之笔端,与同一阶层的文人聊作调笑。

所以小品文说白了,便是明清时碎片化阅读的文本。读时不必如读四书五经、程朱文章,读过了只一笑而已。作者多半自知难成经典,所以着意轻盈洒脱,因而小品文多有性灵轻脱之味,取法于《庄子》、六朝写景文章的不少。正经话都闷在公文辞章之中了,写写小品,好比工作之余发个微博,写个日记,预期读者也无非是同辈中人,使其笑一笑而已。

非只中国如此,世界文学都经历了从英雄传奇,到浪漫传说,最后变成市民文学的过程。

法国文学,在 18 世纪以各种哲理小说著称,到 19 世纪浪漫主义开山,好讲各类奇幻历史故事,再到 19 世纪中期欧仁·苏《巴黎的秘密》一出来,大家开始写市民八卦了。

一个真相是:

历史上,大多数人都没机会读书或不爱读书。而当他们有能力读书时,也自然会去选择市井的、八卦的、不那么庙堂高雅的碎片化文本。

而且,一个时代的流行读物,也可能成为下一个时代的经典。大仲马这种大宗师,也是先写历史小说,再写《基督山伯爵》,聊"人民心目中巴黎上流社会的龌龊事儿",结果成了传奇。

所以,碎片化阅读时代下,只要是你喜欢的、能让你爱上阅读的书,就先读着再说。

乾隆皇帝与紫禁城

12

说到乾隆皇帝与紫禁城,人们大概立刻会起反应:
"他不是老在漱芳斋陪小燕子吗?"
"他不是常在宝月楼陪香妃吗?"
"他不是该在延禧宫陪令妃吗?"
诸如此类,不一而足。

雍正十三年,乾隆即位,时年 25 岁。
乾隆七年,他将自己曾居住过的乾西二所改为重华宫,再修建建福宫、雨花阁等。

建福宫初建时,本是乾隆帝预想中"备慈寿万年之后居此守制"之用,32岁,就想着以后怎么享福了。

时间一长,自然什么都变了。

据说建福宫西花园,最初是一路"渐次"构成的,零零碎碎建构起来。地方不大,然而二十余年间,历次设置景观。后期因为地方终究不够宽,乾隆要求也多,以至于按晚清说法:这花园里山石崔嵬,嶙峋棋布,难免堆砌局促。

造建福宫时,乾隆还年轻,很在意开疆拓土的武功,这一点挺像明武宗正德皇帝。

先前宫里太液池边,有个明武宗的平台旧址,是正德朝检阅卫士们跑马射箭之处。传说每逢五月端午,正德便在平台看内侍赛龙舟。乾隆年间,这地方改建为阁,便是大大有名的"紫光阁"。

乾隆朝重修紫光阁,将诸战役绘成战图放在阁中,功臣图也照样画了。乾隆还亲自写了五十功臣像赞的序文:"兹者事定功成,写诸功臣像于紫光阁,朕亲御丹铅,各系以赞。不过誉,不尚藻,惟就诸臣实事录之。"还顺手写了几句诗:"阁就胜朝址,图标昭代勋。格惭虞帝羽,数过汉时云。"大概在他看来,紫光阁要胜过唐凌烟阁、汉光武云台二十八将了。

据说此后,每逢旧历正月十九日,乾隆便在此阁设功臣宴,大宴勋旧。唐鲁孙先生写紫光阁,录前人诗,所谓"紫光台阁比凌烟,自古奇勋在定边"。紫光阁对比凌烟阁,那意思明白得很了:乾隆自觉是唐太宗呢。

武功之外,自然得有点风流事。

关于乾隆的风流故事,自然得提他出巡的几段。在金庸的小说里,乾隆下江南大战红花会;在琼瑶的小说里,乾隆去大明湖临幸了夏雨荷。至于在电视剧《戏说乾隆》里头,郑少秋饰演的乾隆可是江南塞北闽南浙江到处跑,跟赵雅芝、惠英红、黎美娴等人饰演的奇女子们郎情妾意……

历史上乾隆下江南,的确带了点新鲜气象,比如清宫里有一道苏造肉,就是他下江南后学的吃法。据说是挑猪后腿五花三层嫩肉,去毛微炸出油,放上作料文火炖。只是乾隆不爱吃甜,所以冰糖酌减——身为江南人的我看了这食谱,觉得很是亲切。

《书剑恩仇录》里,金庸先生给乾隆安排了一顿消夜:八个碟子中盛着肴肉、醉鸡、皮蛋、肉松等消夜酒菜,让乾隆觉得"比之宫中大鱼大肉,另有一番清雅风味"。如今清宫流传的食谱上,还有诸如"燕窝红白鸭子南鲜热锅""山药葱椒鸡羹"之类的菜品。比起同治皇帝所谓清炒菠菜、野味酸菜、燕窝"寿"字红白鸭丝、燕窝"年"字三鲜肥鸡、燕窝"如"字八仙鸭子、燕窝"意"字十锦鸡丝——还是乾隆吃得比较有品位。

但咱们也得补充一句：

乾隆六下江南，四次是集中在乾隆十六年到三十年之间，其中第四次，就出了所谓收皇后册宝之事——电视剧里皇后断发，正是在讲这个故事。

乾隆在位的后三十年里，只下过两次江南。下一次江南花费大，也累人。

但事实也的确是：晚年的乾隆，活动没那么积极了。

乾隆三十七年，开疆拓土的大事忙得差不多了。乾隆三十八年，开始编纂《四库全书》，次年修建文渊阁，是准备藏《四库全书》用的。那是武功已足，打算在文化上搞大功业了。

偃武修文，当然也得自己清净。

于是宁寿宫改皇极殿。不过，他还是喜欢建福宫，所以在设计宁寿宫花园时，曾下令一切皆以建福宫花园为蓝本。

本来乾隆三十七年时，他自己已年过花甲。而他的祖上几位，皇太极年不过50岁，顺治驾崩时20多岁，康熙寿69岁，雍正寿58岁。大概乾隆到花甲之年，也在盘算颐养天年的事了。"亿万人增亿万寿，泰平岁值泰平春"嘛。

于是乾隆三十七年到四十二年，100多万两白银改建的皇极殿、宁寿宫、养心殿、乐寿堂,都透出来他老人家归老养寿的心愿。

然而我们也都知道:他老人家又多活了近三十年。

这个养老,也养得挺久的。

太平盛世,当然得有点花边了。

比如乾隆朝后来,承平日久,便有了规矩。之前是大家习惯入冬熬腊八粥供佛,乾隆格外认真,每年都要指派近支王公大臣,在雍和宫监视熬腊八粥,供佛之余,要分送皇帝及各宫后妃去吃,还要颁赐近支王公臣僚。据说吃了这腊八粥,一年之内可以逢凶化吉,遇难呈祥。*

电视剧中爱描绘皇帝"今日就歇在养心殿吧",何故?养心殿在康熙朝时,当过造办处作坊,雍正朝,拿来当冬季寝宫。乾隆朝,他自己喜欢住养心殿,于是改造添建,让养心殿可以接见群臣、批阅折子、读书,挺多功能的。养心殿后殿,东边"体顺堂",是帝后内廷里的临时寝宫;西边"燕喜堂",是妃嫔们

* 题外话:老掌故说乾隆朝赐腊八粥,是由太监们出来赐,王公大臣们自然不能让公公们白跑,而是要给点打赏意思意思的,所以乾隆这个赐粥,也算肥了太监们的腰包。甚至还有人迷信,说皇上赐的粥碗特别灵,用来种花种草,花草便会生长得格外灵秀——真假只有天知道了。

的憩息处所。妙在住养心殿，规矩可以从简。

乾隆爱住这里，大概也是图这里规矩少，轻巧得多。久而久之，甚至把这里变成了他的藏宝库。

身为皇帝，收集书画有天然优势。晚年他喜欢在养心殿办公，于是将王羲之的《快雪时晴帖》、王献之的《中秋帖》、王珣的《伯远帖》等，都藏在西暖阁内室，名为"三希堂"。现在众所周知的《三希堂法帖》，也是这么来的。

乾隆临朝到六十年，为了不僭越康熙的六十一年，以及众多其他原因，退位了，真正开始颐养天年了——虽然之前，他也半养老快二十年了。据说此后过年了，他还得去乾清宫，御前大臣跪颂吉祥，侍卫送上奶茶，喝完起驾。出日精门，到上书房东边圣人殿，拜完孔子，乘舆到堂子祭神，祭祖还宫，接受王公大臣的朝贺，后妃们递如意颂吉祥。那时他老人家八十多岁了，还得这么折腾，想起来，也挺累的。

本来太平天子长寿，听着是祥瑞。
但也有不那么美好的一面。

按《清史稿》，在这不停扩建、越来越宜居的宫殿群里，乾隆活得似乎也并不都万事如意。

据说乾隆五十年后,"寅初已懒睡,寅正无不醒",按现在的说法,就是睡眠质量差了。

他年过70之后,"昨日之事,今日辄忘;早间所行,晚或不省"。记忆力开始衰退了。

他不再下江南了,十全武功也凑齐了,风流韵事也没那么多了。

忘事了,睡不好了,越来越喜欢在紫禁城里待着了。

这样记忆力衰退、睡眠质量很差的养老时光,他还要昏昏沉沉地过个小二十年。

而这也是古代制度的无聊之处。稳定,然而滞重。

一旦掌权上台,就很难顺利下来。乾隆到80多岁让位给嘉庆,已经算交接顺利的了。在此之前,他也记忆衰退、睡眠不好了小二十年。

我们都知道,这二十年,是清朝由盛转衰的二十年,也是和珅和中堂,家产大爆发的二十年。

而乾隆驾崩后,又四十年,就是鸦片战争了。

从文治武功,到盛世养老,到危机来临,也就是这么几十年的事。

取暖

13

刘宝瑞先生有一首单口相声定场诗,说两口子睡觉争热炕:

"老头要在炕里头睡,老婆死乞白赖偏不让。老头说是我捡的柴,老婆说这是我烧的炕。"

为了争个炕,掏灰耙、擀面杖都拿了出来,动了兵器了。

虽然是玩笑话,细想来也不难理解:大冬天,赶上热被子被掀开、酣睡中被敲门声闹醒、房间里本来暖着却有人忽然开窗透风、大早上被铃声叫出被窝接电话结果发现打错了,哪件事不让人怒从心头起、恶向胆边生呢?

在我儿时记忆中,故乡江南的冬天极为难熬,万物凋零。麻雀带着下棋老头似的神情在花圃边迈步,常绿植物像为了圆场而挂在嘴角的笑容一样摇摇欲坠,大红或大黑的鲜明色块在小径上来往挪动。遛狗的人们为宠物套上了毛衣,老太太们怀抱着热水袋聊天,语声稀稀疏疏。没阳光时,天空像洇足了灰色颜料的吸水纸,不怕冷的孩子在院落外抛掷橘子。

宋朝有个将军唤作党进,一些版本的《杨家将》里有他,行伍出身,不识字。有一次,大冬天,党进拥炉子喝热酒,太热了,全身大汗淋漓,叫嚷:"这天气太热!忒不正!"
守门的兵丁被穿堂风吹,冻死了,说:"小人这里天气很正!"

——我每次读到这段,就觉得自己正被穿堂风吹,觉得"天气很正"。

话说回来,古代冬天大多数人,都跟守门兵丁,或是老两口争炕一样,贪图一点暖和劲。古代人无暖气、没空调,比现今更难熬。故此历代书里都说民以食为天,又把饥寒两字并列,认为温饱最幸福。
冬天取暖,真是性命攸关的大事儿。

最容易的取暖方式，莫过于跟火去借温。

普通些的老百姓靠火炉火塘，被烟呛已经算幸福的烦恼。比起穷人家没柴薪，起不了火，已经好万倍了。

贵族之家就享受得多。比如秦汉时，宫廷已经有了壁炉和火墙。

唐朝时有所谓"到处爇红炉，周回下罗幂"。人在屋里坐着，周围一堆红炉，加罗幂围着。暖和倒是暖和，只是人也有些像挂炉烤鸭了。

还有些在墙上做文章的，又比火墙、壁炉高一筹。

汉朝时节，有两处所在叫作"椒房殿"。一在长乐宫，一在未央宫。何为"椒房"？当然不是大红辣椒高高挂、好似乡下火锅馆，打算呛得后妃打喷嚏。

花椒和了泥，涂满墙壁。因为花椒温和，味道又好闻，在香料为宝的时代，乃是上等荣宠。后宫剧泛滥的时节，帝王后妃的旧典故都被翻出来，人们觉得"椒房之宠"煞是璀璨，其实细想来，倒是天子的一片细心：大冬天冷，房间里一墙温泥花椒，布置暖和些，比冷硬的金珠宝贝实在多了。

传说当年李后主亡了国,带绝代美人小周后去汴梁,小周后就嫌灯有"烟气",换蜡烛,"烟气更甚",然后就开始显摆了:在南唐做后妃时,宫里不动烛火,直接用夜明珠当光源。帝王公侯就是善于在小处做文章,取暖要靠燃料烧火,也就分了等第。

古书里许多大人物,少时都是樵采为业,说穿了就是砍柴,回来劈了柴火做燃料。上等人家或宫廷,能直接焚香,又能取暖又好闻,比如李清照所谓"瑞脑销金兽"。

杨贵妃的堂兄杨国忠权倾朝野时,有个取暖的法子:将炭屑和蜜和在一起捏成凤造型,冬天拿白檀木铺在炉底,再烧这蜜凤,味道好,又少灰,且暖和。宫廷里还烧西凉国进贡的所谓"瑞炭",无火焰,有光亮,一条一尺来长,可以烧十天。

清朝宫廷在北京,冬天冷,薪火不绝;又怕起火有烟,呛到天子嫔妃,所以白天黑夜,只是烧无烟炭。宫廷里还没厕所,于是炭灰积存了,用来解决方便问题,一如现在养猫的人用猫砂清理大小便。

可还是冷,怎么办,只好用手炉和脚炉取暖。

清朝时手炉已经是工艺品,轻便小巧,可以装袖子里,不

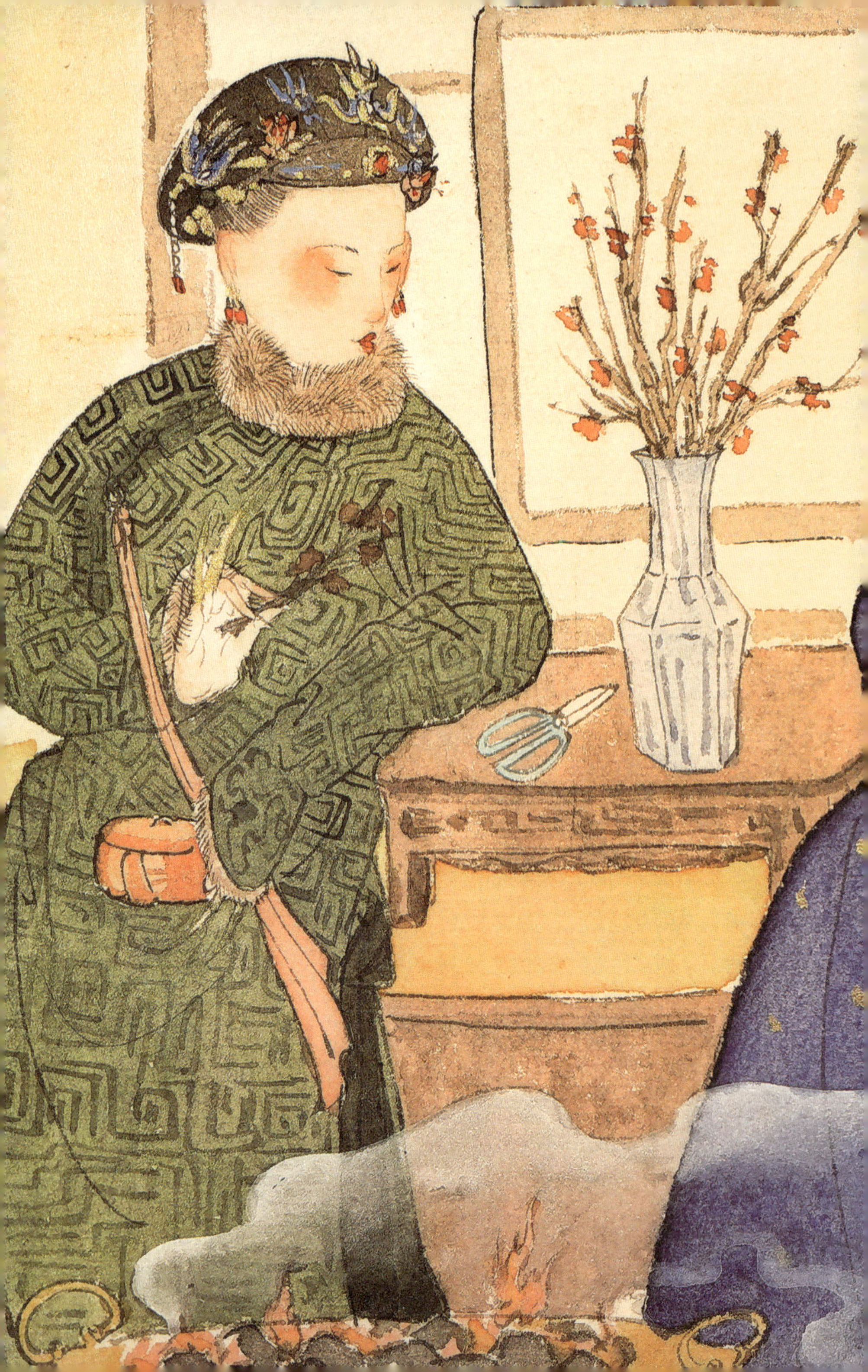

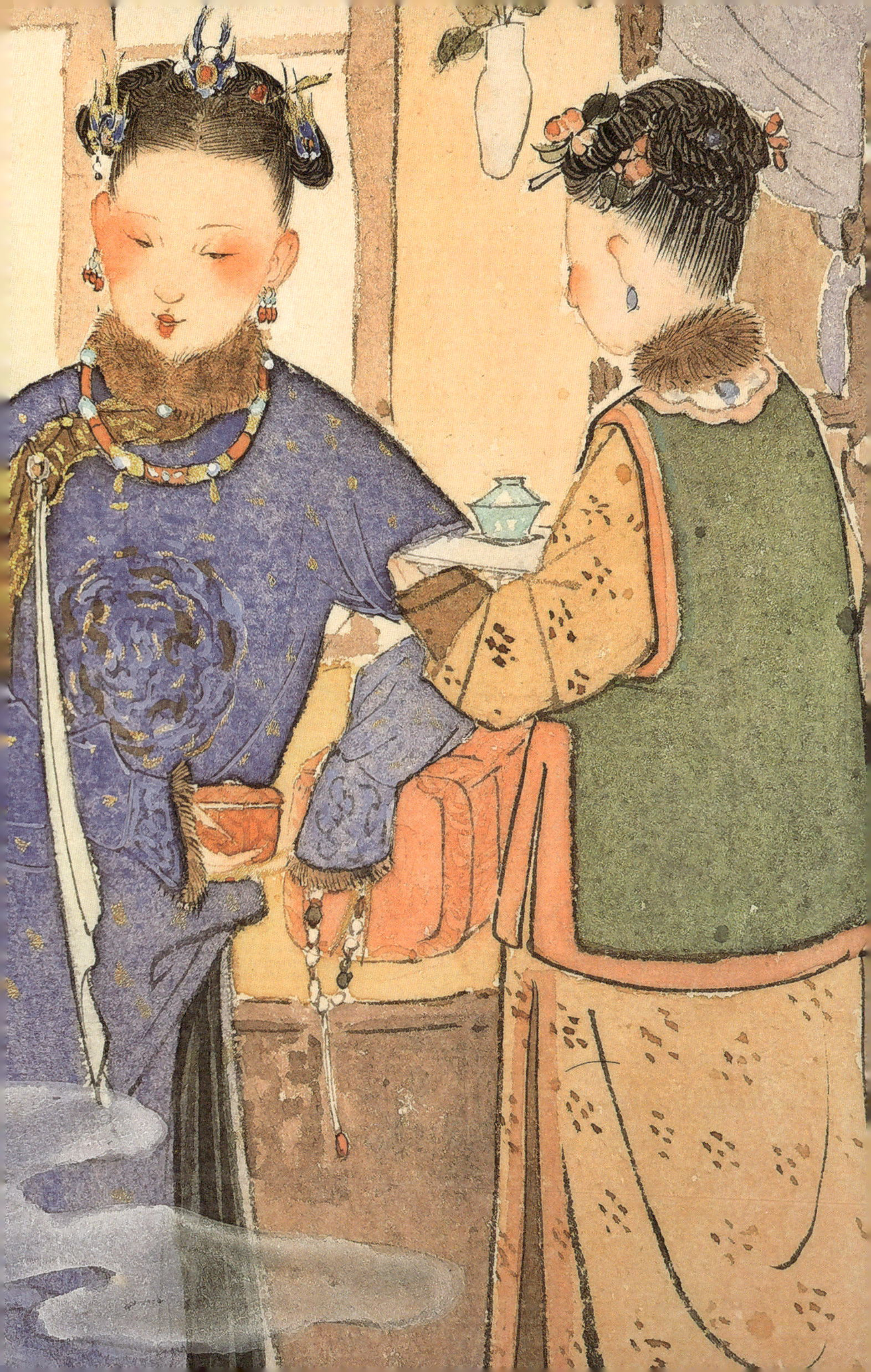

重。《红楼梦》里，林黛玉出门风一吹就倒，但袖里揣个手炉也能过冬了，还曾经拿手炉调戏薛宝钗——薛宝钗刚劝贾宝玉别喝冷酒，林黛玉就嗔怪丫头特意给她送手炉来，谁叫你送来的？难为费心，哪里就冷死了我？

宋朝人冬天取暖，有些雅致的做法。比如朱元晦拿纸做的被子，寄给陆游去，让他睡觉盖，陆游认为纸被和布衾差不多，而且"白于狐腋软于绵"。但被子只御寒，不生暖，就得靠暖壶，即是如今所谓"汤婆子"。

黄庭坚写过诗，说买个汤婆子，不用喂饭伺候，舒服得很，天亮时还能拿热水洗脸哩。黄庭坚还认为，如果真叫个姑娘给暖脚，人会心猿意马，所以还是汤婆子好。

其实使唤得起姑娘暖脚的人，还会担心喂饭和心猿意马的事吗？

唐玄宗的兄长申王，冬天怕冷，经常让宫妓围着他站一圈，用来御寒，叫作"妓围"。这一围大有道理：物理角度说，唐朝宫廷女子多壮硕，人体又自有温度，人肉屏风围定了，很是暖和。精神角度来说，一大群美女围着，很容易暖体活血、心跳如鹿。真是精神物质双重的取暖手段。

传说成吉思汗出征时缺木炭,又逢下雨,大将木华黎、者勒蔑就彻夜站立,为大汗挡风取暖,听着是很感人。蒙古豪杰皮糙肉厚、剽悍勇健,视觉上就与申王爷周身的莺莺燕燕大不相同了。

老武侠小说比如古龙的《剑玄录》或电视剧比如老版《雪山飞狐》里,偶尔还是会有男(或女)主角中了寒毒快死了,另一方解衣入怀,抱着对方给暖身子,之后就成其好事的镜头。

大概,取暖的终极形态,终究是爱情。

毕竟外头再怎么暖和,都抵不过令人心猿意马、心思活络、心跳如鹿、心生邪念的这些内心热源。不信你去看宋词里男女欢好的题材,总离不开"暖""滑""香融""香汗""芳""春""锦幄""温"这些字样。

有情人在一起,才最温暖。

如何遮盖下半身

14

我们现在日常穿的内裤与外裤，不是一朝一夕演变至此的，而是经过漫长的时间，在"舒适""保暖"与"轻便"三者之间斡旋，终于达到了这个地步。

最初，人类的需求很简单。
男女都需要遮住裆部以保护性征，遮住腿部以便保暖。

后来就有了衣裳。在古代，衣裳二字是分开的。上头是衣，下头是裳。

《辞海》说"裙"这个字：

古谓下裳，男女通用。

所以古代男女，下头都穿个类似裙的玩意。外头保护住了，你从旁边看去，什么都看不见。

因为外头有裳遮着，不用怕被看见，所以中国上古有段时候，护裆和护腿，是分开的。

护裆叫裈，像今天的短裤。这个字，现在日本还用。

《史记》里有记载，司马相如拐走了富家千金卓文君，穷得很，就出丈人的丑，当众穿犊鼻裈搞清洁，也就是穿个裤衩在集市上劳动。丈人一看，太不雅了，赶紧给他钱了事。

但也有些男人，平时只穿裳，不穿内裤，好比现在穿了裙子但不穿内裤，外面也看不出来。古人平时是跪坐，也不会让人看到内部。

《史记》里写刘邦待郦生无礼，"箕踞"，就是不跪坐，而对你伸出两条腿敞开裤裆。考虑到那时的衣服结构，这么做是很像个流氓。

护腿的叫绔，像现在的裤腿。绔一开始只挡腿，不遮裤裆。

101

裤腿和裤裆合起来的也有，有一种穷绔，按颜师古推测，是所谓有前后裆的裤子。

西汉的大权臣霍光，外孙女是汉昭帝的皇后。他为了让外孙女独得汉昭帝的宠爱，避免别的女人怀上皇子，就规定说："虽宫人使令皆为穷绔。"

这个穷绔，差不多就是现在我们所知的裤子的造型啦。

如此看来，在汉朝时有段时间，男女都穿裙裳，里头套裤子。

普通劳动者会直接穿裤子甚至短裤上阵。

读《金瓶梅》，里头的姑娘一般穿着肚兜和亵裤。肚兜抹胸遮上身，亵裤就贴身穿。
大概到明朝，中国汉地女子，都是内穿亵裤外穿裙。
长裤裙子一起穿，不但不会走光，从外头连裤子都看不见。

当然也有些其他可能。

《江邻几杂志》说，辽国的习俗是：妇人不服宽裤与旋裙，必前后开胯，以便骑驴。其风闻于都下妓女。

这个开胯和长袍马褂开衩一个道理：用来骑马的。

历史各朝代服装风格都不同，但大体而言，内穿裤、外罩裳，这是相对体面的男女下半身装束。

长袍长裙长衫，都是为了彰显身份，而且保暖又舒适。

儒生都要穿长衫，就是为了表明自己并不参与普通劳动。

但保暖与舒适兼备了，就会有问题：不方便劳动。所以各个时期的劳动人民，大多都会短衫穿裤上阵：方便劳动嘛。

诗，读出声音来

15

话说,读诗,背诗,有什么用呢?

当然,世上有许多事太美好,美好到不需要有用的地步。
但即便从用途角度考量,读诗背诗,也是有用的。

比如,先贤说话了:诗嘛,可以兴,可以观,可以群,可以怨;迩之事父,远之事君;多识于鸟兽草木之名——是啊,可以抒发、观察、交友、吐槽,可以侍奉父母和君王,还可以知道鸟兽草木的名称。

当然先贤说的诗,特指《诗经》,且这口吻,有些像中学老师备课。

咱们说点别的。

为什么诗要读出来呢?
因为好诗读出来,将是世上最好听的话语。

古代的诗词歌赋,现代统称诗歌。歌这个字不能漏。古代诗歌很难分家,许多体裁的诗歌,最初都能拿来唱。

汉武帝立乐府,乐府这个乐,是音乐的乐。采集了歌词后,要"协律",也就是调和音乐律吕。乐府配的调子是楚声和新声,《诗经》三百篇配的是雅乐。

宋词,也都是用来唱的。宋词早期小令多,短,大家也容易背。李后主和晏殊的词都不长,大家喜欢。后来长调慢词盛行,柳永扬名,至于姜夔、辛弃疾,都擅长写长调,那是用了不同的曲子。

既然用来唱,则辞藻、意思、音韵,都重要。

我极喜欢的一句:"泉眼无声惜细流,树阴照水爱晴柔。"

尤其是第二句,不仅意思好,音韵也妙。念出来,觉得自己的声音都变温润了。

英国人翻译《荷马史诗》,也是特意找的韵脚:
The thunderer spoke, nor durst the queen reply
A reverent horror silenced all the sky
The feast disturb'd, with sorrow
Vulcan saw
His mother menaced, and the gods in awe
Peace at his heart, and pleasure his design
Thus interposed the architect divine
双行押韵,读顺了,就跟喊号子似的。

迪金森著名的名诗《"为什么我爱你",先生》写道:
"Why do I love" You, Sir?
Because–
The Wind does not require the Grass
To answer–Wherefore when He pass
She cannot keep Her place.
…

The Lightning-never asked an Eye
Wherefore it shut-when He was by-
Because He knows it cannot speak-
And reasons not contained-
-Of Talk-
There be-preferred by Daintier Folk-

这种韵之美,也是要读出来才能体会到的。

圣人之所以说诗歌可以兴观群怨,是因为好的诗歌,太容易大合唱了,太容易让大家集体抒发了。

那么,诗为什么要背呢?

如果可以选择,你希望自己少年时,读到的第一句话,是怎样的呢?

是念"泉眼无声惜细流,树阴照水爱晴柔",还是念"叫一声阿姨好阿姨给你糖吃啊"?

儿时,记忆里的声音,对精神世界是有影响的。

诗歌,哪怕不明白意思,只是音韵,让孩子听着学着背着,都比读背些粗鄙词句要好些。

中国诗歌的另一项特点,是带画面感。中国诗歌本身就是美学教育，其意蕴往往来自画面和唤起的感受，所以大家很喜欢讨论以情入景之类的手法，重在体验，在感受，而与辞藻没有必然关系：

姑苏城外寒山寺，夜半钟声到客船。

兰溪三日桃花雨，半夜鲤鱼来上滩。

大漠孤烟直，长河落日圆。

明月松间照，清泉石上流。

温庭筠最著名的那首《菩萨蛮·小山重叠金明灭》，从头到尾都是绵密的意象陈列，颜色和图案的交叠。运用形容词时，尤其注重质感：

小山重叠金明灭，鬓云欲度香腮雪。懒起画蛾眉，弄妆梳洗迟。照花前后镜，花面交相映。新帖绣罗襦，双双金鹧鸪。

俨然一幅画。

有人说，诗歌太深奥了，怕少年听不懂，宁可求其次，听些简单的。

其实如上所述，上古好诗，都清澄通透。

何况，诗歌按信息量，本来就是最简约、最言简义丰的了。

比如，说大雪。

打油诗有所谓"江山一笼统，井上一窟窿"。这算是简陋。

"哎呀雪真是下得紧啊，哗啦啦的，一片雪白无垠呢。"这句陈述到位了，但是拖沓。

"深夜知雪重，时闻折竹声。"白居易的诗，味道多好，画面美得难以形容。

简约，是简洁精约，需要极高的概括能力和感受能力，是奢侈品。这十个字记住了，胜过拍几百张雪景照片。

所以我们小时候，语文老师会要求"这首诗全文背诵。"那时，并不是每个人都知道，背下一首好诗，有何等的意义。

背下的那些诗，就埋在心里某个地方。要到适当的时候，火光一亮，才能明白其中的美妙。年纪越长，懂得越多。那些诗，那些画境，你揣在心里，不一定知道有什么用，但总比没有要强出许多。

我们有一辈子的时间去接触各种日常语言，却只有那么一小段时光，可以名正言顺、不会被旁人白眼地，朗诵母语中最简约又最美丽的句子，然后将这些美妙的情景记下来：

随意春芳歇,王孙自可留。

西塞山前白鹭飞,桃花流水鳜鱼肥。

绿树村边合,青山郭外斜。

山气日夕佳,飞鸟相与还。

某次,我与久别重逢的朋友,在夜雪茫茫的铺子里,吃涮羊肉。因为到得晚,别无可涮,就剩羊肉、萝卜和豆腐,就白酒。只好让店家不断上羊肉来。吃到后来,吃急了,夹一片羊肉,入锅一涮一顿,蘸佐料,立刻入口。好羊肉被水一涮,半熟半生,不失质感,肥瘦脆都在,饱蘸佐料一嚼,立刻化了。再来口白酒,甜辣弥喉,吁一口气都是冬天的味道。连吃带喝,脱了衣服。几个人都乐得开始傻笑,这时,总觉得还缺点儿什么。

中间一位最年长、最早娶妻生子,也最早有白头发的——遗传了他父亲的少白头——拿起筷子,开始敲空盘:

君不见,黄河之水天上来,奔流到海不复回。
君不见,高堂明镜悲白发,朝如青丝暮成雪。

于是大家跟着拍大腿,齐声:

人生得意须尽欢,莫使金樽空对月。
天生我材必有用,千金散尽还复来。
烹羊宰牛且为乐,会须一饮三百杯。
岑夫子,丹丘生,将进酒,杯莫停。
与君歌一曲,请君为我倾耳听。
钟鼓馔玉不足贵,但愿长醉不复醒。
古来圣贤皆寂寞,惟有饮者留其名。
陈王昔时宴平乐,斗酒十千恣欢谑。
主人何为言少钱,径须沽取对君酌。
五花马,千金裘,呼儿将出换美酒,与尔同销万古愁!

完事之后,大笑,有个人笑到从椅子上滑下去了,坐在地上,还在笑。

后来大家都说,从来没有这么痛快过。

一首千年前的诗,那种韵律和气概,还能让我们为之欢笑,为之吐气扬眉。世上别的东西,未必有这么神奇的功效。

《倚天屠龙记》里,张无忌离开冰火岛前,谢逊曾逼迫他背下许多武功要诀,还说"虽然你现在不懂,但先记着,将来总会懂的"。

许多东西记下来,就是在心里生根。日后触景生情,总会懂的。

《史记》的好文笔

16

鲁迅先生说《史记》:"史家之绝唱,无韵之离骚。"
许多翻案文都爱念叨,《史记》夸项羽,嘲刘邦。
——其实也不全对。

或许许多人都有类似经历:
小时候先知道刘邦项羽,刘胜项败。稍微接触了点《项羽本纪》《高祖本纪》,觉得项羽作为败者,被描写得威风凛凛;高祖作为胜者,却有一堆破事。这似乎很反常人认知。太史公把项羽写得很帅,把高祖写得充满流氓色彩。

许多翻案文大概也从此着手,写高祖本是无赖,项羽何等威风……

但再多看几遍《史记》,自然会发现:
太史公写汉高祖那些粗鲁言行,但也写他雄才大略,写他为人大度。
太史公写项羽百战无敌,但也写他暴虐,写他任人唯亲。
优缺点都写到,这才全面嘛。

项羽临终前说"此天之亡我,非战之罪也",很酷。但太史公在后面表述了自己的意见,说项羽到死都不悔悟,还说天亡他,"岂不谬哉!"
太史公说高祖一堆破事,踩脚啊骂人啊欠债啊,但临了也说高祖是大圣人,汉得天统。
这才是所谓全面辩证的描写。

我们之所以会觉得这样很不合情理,可能是因为习惯了另一种写史的逻辑:
项羽输了,所以他什么都是错的,死了也要踩几脚,灭秦的功劳也不算了。
刘邦胜了,所以他什么都是对的,欠债也是对的,骂人也是对的，杀彭越韩信也是理所当然……

习惯了这种非黑即白一边倒，好的全好，坏的全坏，就会觉得太史公写得这么有棱有角有血有肉有好有坏，很是不一样了。

班固如此说太史公：
其文直，其事核，不虚美，不隐恶，故谓之实录。
直率，不虚夸，不隐恶。这才是写史的正确方法。

项羽的勇武要夸，项羽的暴虐和不自觉要嘲。
高祖的雄才大略要夸，高祖的骂人踩脚小破事要记。
这是写史书的人相对正常的态度。

《苏秦列传》结尾，太史公说：
苏秦兄弟三人，皆游说诸侯以显名，其术长于权变。而苏秦被反间以死，天下共笑之，讳学其术。然世言苏秦多异，异时事有类之者皆附之苏秦。夫苏秦起闾阎，连六国从亲，此其智有过人者。吾故列其行事，次其时序，毋令独蒙恶声焉。

苏秦长于权变，最后中了反间计死了，大家嘲笑他，不学他了。但许多关于苏秦的说法实际上并不靠谱。苏秦毕竟出身平凡，合纵六国，有过人之处，在此我就列清楚他做的事，希望不要让他只背负坏名声。

好的要写,坏的也要写。

之所以显得独特,大概因为后世写史的,反而没几个像太史公这样的了。

后来一些史书,写到自家开国君主,被迫各色回护,在夸胜讳败;在夸敌国的人之前,还得来几句"臣诚惶诚恐死罪死罪"。

那样的确好坏分明,特别脸谱化,但对了解历史真相,就没那么方便了。

有一个比较讽刺的事:

《三国志》写于晋朝,于是作者陈寿对其中涉及司马懿的段落,尽量夸胜讳败,加以美化。《史记》中对汉高祖,则有颇多不那么友好的段落,优缺点都写。

但后来石勒听人念《史记》《汉书》后,对刘邦有了了解,并说自己愿意当刘邦的臣下,而不是像司马懿那样凭奸计取天下。

可见:

对明白人而言,太史公这样不虚美不隐恶地写史,并不太影响汉高祖的英雄形象。反而不管晋朝怎么美化司马懿,石勒还是不服他。

再说《史记》的文笔。

常言道,记事之妙,首在动词的表现力。

《史记》有段落如下:

沛公至高阳传舍，使人召郦生。郦生至，入谒，沛公方倨床，使两女子洗足，而见郦生。

郦生入，则长揖不拜，曰："足下欲助秦攻诸侯乎？且欲率诸侯破秦也？"沛公骂曰："竖儒！夫天下同苦秦久矣，故诸侯相率而攻秦，何谓助秦攻诸侯乎？"

郦生曰："必聚徒合义兵诛无道秦，不宜倨见长者。"

于是沛公辍洗，起摄衣，延郦生上坐，谢之。

郦生因言六国从横时。沛公喜，赐郦生食，问曰："计将安出？"

倨床是很无礼的坐法，还洗着脚，很无赖。

郦生不拜，傲性出来了。刘邦破口大骂，流氓嘴脸出来了。

郦生口才出众，应变机敏。刘邦立刻一连串动作：不洗脚了，起床摄衣，请郦生坐，道歉。郦生说了几句，刘邦立刻大喜，赏赐吃的。刘邦知错能改又求贤若渴的模样出来了。

这一幕，两人的性格，靠一连串动作和几句台词，展现得淋漓尽致。

这就是好文笔。

再便是，在选取事例和细节。一两件事或一两处细节，表现力就够了。

《史记》写李斯，开头专门这么段闲话：

李斯者，楚上蔡人也。年少时，为郡小吏，见吏舍厕中鼠食不絜，近人犬，数惊恐之。斯入仓，观仓中鼠，食积粟，居大庑之下，不见人犬之忧。于是李斯乃叹曰："人之贤不肖譬如鼠矣，在所自处耳！"

这一段话借李斯的经历与感叹，写出了他的个性。

所以此后李斯趋富贵、求功名，最终也毁于此。

比如要表现石奋一家特别谨慎时，写他儿子石庆：

万石君少子庆为太仆，御出，上问车中几马，庆以策数马毕，举手曰："六马。"庆于诸子中最为简易矣，然犹如此。

一眼就能看完的事，非要这么认真数，石庆的谨慎可知。

太史公又补了一句：石庆已经是石奋家最随意的了，尚且还这样子。

一句话，把一大家子都写活了。

然后是，文气。

比如写项羽破釜沉舟前后，节奏与情节是相符合的。

先写项羽夺权：

项羽晨朝上将军宋义，即其帐中斩宋义头，出令军中曰："宋义"与齐谋反楚，楚王阴令羽诛之。当是时，诸将皆慑服，莫敢枝梧。皆曰："首立楚者，将军家也。今将军诛乱。"乃相与共立羽为假上将军。使人追宋义子，及之齐，杀之。使桓楚报命于怀王。怀王因使项羽为上将军,当阳君、蒲将军皆属项羽。

项羽杀宋义,夺回军权。字句写来徐徐平整,从容不迫。普通记事而已。

下面项羽要破釜沉舟了,节奏变了。
项羽已杀卿子冠军,威震楚国,名闻诸侯。乃遣当阳君、蒲将军将卒二万渡河,救巨鹿。战少利,陈馀复请兵。项羽乃悉引兵渡河。

项羽要巨鹿大战了,辞气立刻澎湃起来:
项羽乃悉引兵渡河,皆沉船,破釜甑,烧庐舍,持三日粮,以示士卒必死,无一还心。于是至则围王离,与秦军遇,九战,绝其甬道,大破之,杀苏角,虏王离。涉间不降楚,自烧杀。

不加藻饰,纯以长短文气变化,便现出战鼓动地、气象万千。

宋朝

17

当我们提到宋朝时,我们会想起什么呢?

《清明上河图》中的东京汴梁?唐宋八大家中宋朝那六位的锦绣文章?李清照、柳永与辛弃疾的词作?《水浒传》与《金瓶梅》中的清河县与阳谷县?包拯?岳飞?苏轼笔下的西湖?范仲淹笔下的岳阳楼?

大体上,历代文本里留下的宋朝气质,是世俗、优美又文秀的。

《梦粱录》和《东京梦华录》里的汴梁如此繁华，苏轼、范仲淹、欧阳修笔下的民间风情如此闲适，《水浒传》里的荒村野店风景与辛弃疾"旧时茅店社林边，路转溪桥忽见"的诗句搭配得如此协调。

但宋朝也有一些别的值得提及的东西。

比如，羊肉。

《水浒传》里，鲁达吃狗肉，武松要牛肉，宋江吃"加辣点红白鱼汤"。《金瓶梅》里，西门庆家里厨娘宋蕙莲做猪头肉吃。苏轼也很懂得做猪肉，这不，在黄州还写了首《猪肉颂》。

然而宋人最爱吃的，是羊肉。

宋朝有个祖宗家法，说"饮食不贵异味，御厨止用羊肉"。——天子啊，您就别寻思什么山中走兽云中燕，老实吃羊吧！

宋朝跟羊肉有关的故事很多。比如，在传说和正史里，宋仁宗都被记作好皇帝。传说里，他是狸猫换太子的主角，还坐拥包公和狄青这一文一武，国家升平。正史里，说宋仁宗有天晨起，对近臣说，昨晚睡不着，饿，想吃烧羊。宋时所谓烧羊，就是烤羊了。近臣问，何不降旨索取啊？仁宗说：听说宫里每次有要求，下头就会准备，当作份例；怕吃了这一次，以后御厨每晚都杀只羊，预备着我要吃。时间一长，杀羊太多啦，这就是忍不了一晚饿，开了无穷杀戒。

所以宋仁宗真厚道，不仅考虑人，连羊都保护起来了。

宋朝皇帝跟羊搭关系，早在赵匡胤那时就开始了。那时吴越王钱俶入朝，来见太祖赵匡胤，太祖对钱王的态度，不像对南唐那么狰狞，大概是觉得，钱王是条汉子，于是让御厨做道南方菜肴招待。御厨遂端出来一道"旋鲊"。鲊者，腌鱼也。江南人爱吃腌咸鱼，所谓鲞，所谓鲊，都如是。这旋鲊，本身是用羊肉做成肉醢。可以想见刀工火工，都功夫不小。到南宋时，宋高宗到大将张俊府做客，张俊请天子吃"羊舌签"，宋朝说"签"，就是羹了，也就是羊舌羹，想起来就好吃，一定又韧又脆，只是费材料，寻常人吃不起。

传说那时候，都城临安有位厨娘，制羊手艺高，不知踩着多少羊的阴魂，架子也大。某知府请她烹羊，得"回轿接取"，接个厨娘来做饭，好比娶个新夫人，难伺候！她做五份"羊头签"，张嘴就要十个羊头来，刮了羊脸肉，就把羊头扔了；要五斤葱，只取条心——好比吃韭菜只挑韭黄——以淡酒和肉酱腌制。仆人看不过，要拣她扔掉的羊，立刻被她嘲笑："真狗子也。"奢侈靡费的一顿饭，好吃是好吃的，"馨香脆美，济楚细腻"，但知府都觉得划不着——我想也是，请个厨娘做羊，花钱不说，还要被嘲笑，何苦来——还是找个理由，请回去吧。

苏东坡对猪肉爱得深沉，但也爱吃羊肉。他在岭南时，买不到羊肉，只买得到羊骨头，即便如此还很高兴地写信吹嘘，说羊骨头用酒略烤，食其间碎肉，如吃螃蟹，有钱人不懂这种快乐。

是的，宋朝就是这么一个嗜食羊肉堪称疯狂的朝代。羊肉的鲜美和清爽，大概也融进宋朝的风骨里了。

又如，服饰。

《宋史·舆服》里说，端拱二年有规定：县里公务员、庶人、商贾、伎术、不系官伶人，只许穿黑、白衣，铁、角带，不许穿紫色。还规定幞头巾子不许高过二寸五分，妇女不得作高髻及高冠。像销金、泥金、真珠装缀的衣服，除命妇之外，谁都不许穿。

规定得如此细致，不是没理由的。

话说，唐朝人喜欢用梳子作头饰。当时簪钗细巧，通常束发用；梳子比较圆润宽，是压在头发里的。唐时已经有齿薄如纸的梳子，用来插发；也有用作装饰的：凤梳、鸾梳、金制凤翼梳、染色象牙梳、银梳、玉梳、犀角梳、驼骨梳。只有你想不到的，没有女人戴不了的。

到了宋朝，就有所谓冠梳——用大梳子代替冠，在宫廷里流行一时，更有犀角改造成的一尺长的梳子。宋仁宗出了名的节俭，半夜吃个烧羊肉都不舍得，看见一群人头上插了一尺长的梳子，特意下诏书：

不许以犀角制作冠和梳,梳和冠宽不许过一尺,长不得过四寸!

只是宋仁宗一驾崩,奢靡之风就又起,大家开始用玳瑁和鱼枕来做梳子了。到南宋时,冠梳依然流行,那时临安是世上第一繁盛福地,制梳子的、戴梳子的、簪花的、插凤的,所在多有。西湖之上,到处梳来梳往。名妓们大多爱戴大冠梳,满头花里胡哨。偏南宋理学盛行,士大夫对妇女们的言行也开始品头论足、挑三拣四起来。良家妇女也觉得不对:我戴了梳子,不就跟烟花女子们一路货色了吗?于是良家妇女们纷纷放下大型冠梳,改用低调的簪钗了。

跑题扯远了,大概就是这个意思:

宋朝潮流多变化,恰是因为手工业与商业太发达,人们颇有闲钱,于是在衣服装饰上使劲倒腾起来。所以如《水浒传》里北宋末期,男生都好插花、刺刺青,爱美心切,也就可以理解了。

是的,宋朝就是这么爱美的一个朝代。

再如,茶器。

上头提到的梳子,是否让您想起了后来日本艺妓的打扮?
日本人虽曰学唐朝多,其实许多趣味上,学宋朝更多。
众所周知,日本是到16世纪,由村田珠光、武野绍鸥和千利休等诸位师匠,开发出了清静和寂的茶道风格,讲究侘寂。但在此之前,他们喜欢什么呢?

相对于侘寂的日式陶茶器,日本人热爱的是宋朝的青瓷茶器。被日本人奉为国宝的青瓷茶碗蚂蟥绊,就是南宋龙泉窑出品,由南宋杭州的佛照禅师赠给日本的平重盛的。

至于后来侘寂质朴的乐烧,以及妖艳华丽的织部风茶器,都是针对南宋青瓷的变调。大概在日本人的文化趣味里,青翠明丽、圆润光滑的南宋青瓷,是他们理想中的华丽之美。

宋人要点茶斗茶,喜欢有花纹的瓷器,于是建窑烧出了著名的油滴盏,纹理点滴。日本人憧憬宋朝,从马远夏圭这样的大画家,到油滴盏这样的宝物,照单全收地学习。中国人叫油滴盏,日本人发挥想象力,管它叫曜变天目,奉为至宝。日本大茶人武野绍鸥藏过一个白天目茶碗,秘不示人,后来辗转到了德川幕府手里。日本人后来开发出志野烧,都拜白天目做师尊。

所以,他们长期热爱着宋朝式的抹茶,那也不难理解了。

值得一提的还有航海。

各色史论都会念叨:中国历来是个内敛的、重视农业的大帝国。

然而……

宋太祖开宝四年,即在广州设市舶司,之后在杭州与明州也设立了，合称三司，那就是宋朝的海关了。抽取十分之一的货物作为抽分，收购一部分作为博买。

南宋最是鼓励富豪打造海船，购置货物，海外经商，甚至将此与官员政绩挂钩：能招徕外商的升官，影响海外贸易的降职。

宋朝沿海都市都有造船厂，并且已经开始用船坞，船从滑道下水。宋船多尖底，能破浪，身扁宽，体高大，吃水深，有密封隔水舱。多樯多帆，能用多面风。多用双锚，还能探水。宋神宗时，由定海到高丽的船，可载五六百人。

宋哲宗时，每年温州与明州定额建船六百艘。绍兴十年，福州有千艘大船，可以航到山东。岳飞自己还在洞庭试用过车船：一船有 32 个轮，人踩动便可行进。此后的采石矶之战，这种船也使用过。

实际上，宋朝当时，已经有这些航线了：
广州到苏门答腊的三佛齐，航行约 38 天。
广州或泉州到爪哇，输出丝织品、茶、瓷器、铁器、农具，换回爪哇的檀香、茴香、犀角、象牙、珍珠、水晶、胡椒。
广州或泉州到孟加拉湾约 40 天，再航行一个月可到印度西南，去做象牙、矿石、香辣料的交易。
广州到巴格达，输出丝织品、瓷器、纸张、麝香，运回香料、药材、犀角、珠玉。

广州出发，40天到孟加拉湾，再到也门。博买苏木、白锡、常白藤。回程时若顺风，则60天可回到中国。

广州出发，经40天到孟加拉湾，横跨印度洋至东非。

同时期，地中海的平底船还在小心翼翼地沿岸航行，北欧的维京船还在用尖底船搞海盗工作呢。

是的，中国的航船在东南亚和南亚流畅运作时，距离欧洲人开大航海时代，还有三百多年呢。

孙悟空如何
从一个擒不住的猴子
变成了战神

18

好猴王,出得八卦炉,亮出七七四十九日炼定的火眼金睛,推倒老君,翻出三十三天兜率宫;奔到灵霄宝殿,舞一万三千五百斤定海神珍铁,变作万万千千,打得诸天神灵惊怕;玉皇大帝滚倒在龙书案下,大叫:"快请如来佛祖!"

——这是1986版《西游记》里孙悟空的威风模样。古往今来,人间天上,这般颠倒打滚儿地闹天宫,豪迈浪漫至矣尽矣,蔑以加矣。

所以读者们看后来西天取经,都觉得有些憋屈:

大圣闹天宫纵横无忌,玉帝颤巍巍滚落尘埃。怎么五百年后,西去万里,遇到诸位菩萨的宠物,什么狮子大象,什么狗熊青牛,大圣都要抓耳挠腮呢?若是怪物们不约而同要"一起把他们抓住了蒸来吃",凑个扣肉拼盘,取经四人组早覆灭许多次了,大圣怎么打不过他们了呢?

我们当然可以扯出许多阴谋论。比如大圣在山下压着时,其他妖怪在勤练武艺;比如天庭诸位自扫门前雪,大圣闹天宫时只看热闹;甚至可以说,玉帝并不是真奈何不了大圣,只是留着他当个反对派在野党,以显示自己并不是一言堂……

然而,稍微看看《西游记》原著,便会发现:

在原著里,大圣的威风,与之后的各类电视改编比,其实是打过折扣的。

《西游记》原著里,孙猴子先是闹了龙宫和地府,龙王和秦广王上天去告状;玉帝招安了猴子,让他当弼马温,猴子不悦,反跑出去了;托塔李天王带儿子哪吒和巨灵神去征缴,未遂;玉帝招安了猴子,封了大圣的虚衔;大圣仗着法力,偷了桃子、骗了赤脚大仙、喝醉酒把金丹当豆子吃了,再出门去。

于是玉帝派十万天兵,二次征缴,好比是《水浒》里,高太尉带兵去讨伐水泊梁山。末了请到二郎神,捉住了大圣,凯旋收工。老君想把大圣炭烤了,不料猴子不怕烤,跳出来了。这里是关键：大圣当日，一路打到灵霄宝殿前，被王灵官和三十六员雷将围住。然后佛祖来翻手掌了。

换言之，大圣两次闹天宫，一次是飞贼盗丹，仿佛锦毛鼠白玉堂；一次是越狱发威，让天宫诸位包围不住。核心主题，是"擒他不下、打他不死、近他不得"。

一切并不像电视剧里演的那样，闯进灵霄宝殿、打得玉帝滚倒在桌案下，大圣却也没这样的实力。

这就可以解释为什么书里面，在西游途中，大圣也不能把诸位下凡的宠物与公务员随意殴打。因为在书里，他最威风的时候，也只是让大家奈何他不得，并不能真的为所欲为。

于是问题来了：
为什么大家都愿意接受"悟空打遍天下无敌手"这个逻辑呢？

整体而言，孙悟空是个灵活油滑难以被制服的自由主义者，并不是横推纵碾当者辟易的霸王猛将。

在《西游记》里，孙悟空这个存在，胜在其多变，他整个儿像是个美丽的玩笑：一个猴子，学了法术，就可以欺负龙王、喝令阎王、当大圣、偷蟠桃、吃金丹，把仙人们耍得团团转；西游途中，他可以为朱紫国王治病，可以在车迟国求雨，可以变为童男童女去戏耍金鱼怪，可以钻进铁扇公主和狮子精的肚子里，可以让乌鸡国王起死回生。他的特点，不是无敌，而是多变与有趣。这好比《堂吉诃德》终结一切骑士小说，好比周星驰在《九品芝麻官》里让包龙星在妓院里学吵架从而纵横官场，好比韦小宝可以靠各种小聪明影响康熙朝历史大事似的，是一种美好的颠覆与解构。

但是另一方面，我们又很乐意相信，"孙悟空就是能打"。

民间百姓热爱传颂的，都是逆天的战神，是项羽破釜沉舟战秦国、垓下面对十面埋伏，这样的故事。这种偏好，让大家没传奇也想编一段。比如史书说赵云在当阳长坂保护了阿斗，罗贯中就敢编出百万军中七进七出；史书说李存孝突阵骁勇，五代残唐评书就敢说李存孝带十八骑平了长安；史书里只说李渊有儿子李玄霸早死，评书就编出他锤震四明山，能把一百八十万响马打得剩六十二万，活像一颗原子弹。

更何况是孙悟空呢？

好大圣，脚着藕丝步云履，身披锁子黄金甲，头戴凤翅紫金冠，手持定海神珍铁，十万天兵擒他不下。

这般逆天的英雄，古往今来各国的神话里，怕都找不出几个来。古希腊赫拉克勒斯也没这等威风。

所以，悟空有很多有趣的面，但民间传说更爱让他独扛十万天兵、勇斗诸天神佛、天上地下唯我独尊——把大圣从一个嬉笑的猴子，塑造成一个战神。

更夸张浪漫的改编，是半世纪前，中国动画片史上的里程碑作品《大闹天宫》。

那里头，孙猴子震碎托塔天王的宝塔，打入灵霄宝殿，跳出天宫，在花果山扯起"齐天大圣"四字旗，睥睨天地，与天等齐。

没有如来佛祖，没有五行山，甚至没有西游，只有一个顶天立地、火眼金睛的豪杰。

《大闹天宫》的导演万籁鸣先生当年如是说：

"我们研究了《西游记》前七回，认为它含有极其深刻的现实意义，虽然它是以神话形式写成的，但反映了压迫者与被压迫者的尖锐的冲突与斗争。因此在《大闹天宫》文学剧本中，戏剧矛盾集中表现在孙悟空与以玉帝为首的统治者之间，通过一系列矛盾冲突，孙悟空的勇敢机智、顽强不屈的性格逐渐成长成熟起来。但是，由于原作者思想的局限性，在前七回里也还有一些消极和不够完美的地方，特别是考虑到美术片的表现特点，如果不提炼原著情节，适当地加以改编，有损于积极的浪漫意义的光彩和深厚的主题思想。"

因为在"人民"的概念里，不只需要一个有趣的反讽者，一只变幻多端神通广大的猴子，还需要一个逆天的斗士，所以，孙猴子从原著里的被围剿、盗果、越狱，到《大闹天宫》里打碎灵霄宝殿跳出天宫独立为王，再到1986版《西游记》里，打到玉帝滚去龙书案下。

孙悟空，是从一个逍遥自在的秩序嘲笑者和破坏者、一个让维持秩序者奈何不了的猴子，慢慢追加了桀骜、顽强、不屈的战斗形象元素，终于成了一个战神、一个斗士。而对于每一个想不羁地挑翻三十三重天秩序的少年而言，手舞定海神珍铁的"齐天大圣"，可比到处为师父化缘的"孙行者"，要热血动人得多啊！

王司徒与诸葛亮

19

诸葛亮骂死王朗王司徒的故事,是《三国演义》的名桥段。电视剧描摹得出色,于是互联网时代,被传得街知巷闻了。

其实小说里王司徒那番话,乍看确能唬人。
"天数有变,神器更易,而归有德之人,此自然之理也。"张口就拿天道说事。
之后就说天下大乱,曹操平乱,天命所归。

既然要应天顺人,那就自然而然带出了:"倒戈卸甲,以礼来降,不失封侯之位。则国安民乐,岂不美哉!"

听上去还蛮有逻辑的。

可惜,这个套路,小说里,二十年前诸葛亮在江东见识过了。

当年诸葛亮舌战群儒,薛敬文也是拿天命说事,说汉朝天数将终,还是赶紧降曹吧,被诸葛亮一句无父无君,驳回去了。

诸葛亮这次,依样画葫芦:先说汉室衰微,是因为汉臣朽木当道,那是骂汉朝老臣王朗;又说王朗反助逆贼,同谋篡位,这就是指着鼻子骂了;临了再说王朗没脸见汉朝先帝——总之,围绕着汉是正统,追着王朗出身汉臣,一路追到底。

然后,王司徒没了。

电视剧中"我从未见过如此厚颜无耻之人"这句话也是编剧加的,《三国演义》原著里没有。

大概编剧想:反正诸葛亮阵前骂王朗这剧情是编的,咱们追骂几句也没事。

正史上,王司徒当然没有被诸葛亮正面骂死。

但王司徒劝降诸葛亮,诸葛亮隔空骂王朗,倒也是有的。

如诸葛亮所言,王司徒是"世居东海之滨"。

通经，拜了郎中，师事太尉杨赐。被陶谦举为茂才。老名士了。

当时汉献帝在长安，王朗劝陶谦奉事汉献帝。于是天子拜陶谦安东将军，王朗会稽太守。

之后孙策来了江东，王朗去打，输了，逃到海上，被捉了。

孙策也不想乱杀名士。之后曹操要王朗，王朗就去了。

王司徒这个人，有点温暾。

后来《世说新语》里，关于王司徒的形象，两个故事：

其一：王朗很推重华歆的学识度量。年终祭神之日，华歆召集子侄们宴饮，王朗也跟着学。有人跟张华说这事儿，张华吐槽说：王朗学华歆，只学表面，所以离华歆越来越远。

其二：王朗和华歆一起乘船避难，岸上有人被追，想上船来投靠。华歆犹豫了，王朗觉得船里还宽敞，没关系。末了才发现，那人被贼寇追杀，王朗怕了，想把那人放回岸上去，华歆说了："我刚才犹豫，就因为他可能有难，会连累我们。可是既然收留了，怎么还好意思舍弃他呢？"

这两个故事都显得王司徒没什么主见。

这两个故事姑且还算是段子，但王司徒正史，确实是这风格：比如，早先孙权跟曹操假意称臣时，王朗还歌功颂德一番，仿佛天下要定了。结果当然就是:孙权继续跟曹魏杠了下去。陈寿在《三国志》里,拿孙权比勾践,意思是说孙权很懂扮猪吃老虎。王司徒还真相信。

后来曹魏篡汉,身为汉献帝任命过的会稽太守、汉朝老臣,王朗就成了曹魏三公之一。这一点,怎么想都不太光彩。

后来,刘备和孙权打起来了,曹魏有人提议:要不要顺便捡现成,趁火打劫?

王朗说天子之军,应该不动若山。结果刘备被陆逊打跑时,曹魏没能捡来现成便宜。

到了曹丕朝,王司徒主要做的事是:

一是劝,要节省;二是劝,不要恢复肉刑,这就跟钟繇卯上了。

当时的舆论讲仁义,都说该停止肉刑。

钟繇自己掌管过刑狱,认为废除肉刑固然宽仁,但反而加重了刑罚。他是从实际操作出发的。

而王司徒呢,那自然是讲一堆大道理。

陈寿在《三国志》里说,钟繇开达理干,王朗文博富赡,都是一时之俊伟。说白了就是:钟繇善于实操,王朗善于引经据典。

这事让钟繇和王朗结了梁子。

王朗王司徒的孙女王元姬,后来常跟自己的丈夫司马昭吹枕头风,说钟繇的儿子钟会久后必反。

后来钟会果然反了,大家说王元姬真有眼光。

其实说穿了,就是上一代结的仇啊。

据说王朗王司徒为人慷慨,又厉行节约。但不大聪明,没什么主见。甚至笔下嘴上,都不算快。

《三国志·王粲传》注引《典略》,说王粲口才好,辩论棒。

相比起来,钟繇、王朗等,"皆阁笔不能措手",显然差了一筹。

钟繇至少书法出色,王司徒就不得而知了。

大概王司徒的确不善于出主意,但聊聊节约、夸夸曹魏,应该还不错吧。

正史中,王司徒和诸葛亮有什么关系呢?

据史料记载,刘禅初继位时,王朗和他的同僚华歆、陈群、许芝、诸葛璋等,纷纷给诸葛亮写信,陈述天命人事,劝诸葛亮投降。

这算是书信版本的"你若以礼来降,不失封侯之位,岂不美哉?"

诸葛亮虽然没有阵前大骂王司徒,但他写文章骂了。

那篇文章叫《正议》,大概意思是:项羽当初无德,所以虽然开始很厉害,但后来就不行了。曹魏也是这么回事。还有些人仗着自己一把年纪了在那儿折腾,这和以前那些称颂王莽篡权的家伙没什么两样。当年光武帝率领几千人都能在昆阳把王莽四十万人打败,说明人数不是关键。曹操自己来汉中救张郃,不也把汉中丢了吗?曹丕也是骄奢淫逸搞篡位。纵使那些人学苏秦张仪的诡辩,也只是浪费笔墨。我们才是正道。

文章虽没有点名王朗,但直言:仗着一把年纪胡说八道的,都不是什么好人。

后来《后出师表》里有这么一句话:

刘繇、王朗,各据州郡,论安言计,动引圣人,群疑满腹,众难塞胸,今岁不战,明年不征,使孙策坐大,遂并江东。

——当年刘繇、王朗就是偏安不动,导致孙策坐大,吞并江东。所以诸葛亮也是怕魏国变强,才要北伐。

逻辑很通。

所以我们看:

演义里,诸葛亮阵前骂死王朗。这是虚构的。

正史里,诸葛亮不理会王朗的劝降,反而回头写文章,把王朗当反面教材嘲讽,让后世皆知。

好像后者更残忍一点?

说到"动引圣人",诸葛亮也没冤枉王司徒。

当时曹丕后宫孩子少,王司徒就上表了。开头就说了一堆周文王周武王周成王的典故,接着话锋一转,说曹丕的品德堪比周文周武,但是年纪大了,儿子少,立嗣的事情还是得上心。又引经据典说,后宫不在人多,在于诚于一意。

引经据典,管天管地,最后管到曹丕的下半身去了。

同样的年代,诸葛亮写《出师表》,开头就是"先帝创业未半……",我们都耳熟能详。

陈寿说诸葛亮写文章,文采不艳,不说些有的没的,是有原因的。所谓"亮所与言,尽众人凡士,故其文指不得及远也"。诸葛亮写文,面向的对象是普罗大众,凡事说清楚道理就行。

这就是王司徒和诸葛亮的区别了。

立场上,王司徒是汉朝老臣,去给曹魏摇大旗。诸葛亮乃东汉农夫,却孤旗扶汉。

做派上,王司徒动引圣人,走的是上层路线。诸葛亮重视民生,文章简洁,实际操作一等一。

演义里,王司徒作为汉朝老臣,看到曹魏得势,便归于天意,转身"岂不美哉"？这也算是老名士面对时代变迁所采取的一种自欺欺人吧。

同是演义里，诸葛亮则直接反驳王朗的顺天论。正史里，诸葛亮逆天而行，在大不利时，依然强调"汉贼不两立，王业不偏安"，堂堂正正将话说穿。

所以，虽然历史上这俩人没真的阵前互骂，但的确在做派上针锋相对。

正史虽然没有"我从未见过如此厚颜无耻之人"这么面对面的单挑，但诸葛亮却用实际行动，完成了对王朗的终极嘲讽。

这么想想，罗贯中让他俩的隔空对线在小说里真正上演了一次，也算是痛快了吧？

话说，诸葛亮五丈原归天后三十年，他儿子诸葛瞻、孙子诸葛尚战死绵竹，一生为季汉出力。

王司徒身为汉臣，当了曹魏司徒，孙女儿王元姬还生了晋武帝司马炎，可谓代代富贵，朝朝得势。

诸葛亮殁后，家里桑八百株（因为他要带头鼓励蜀锦贸易），田十五顷，别无余财。

诸葛亮是鞠躬尽瘁，死而后已。家无余财，不负汉朝。逆天而行，星落秋风。

而王司徒是应天顺人，"不失封侯之位"。大概，对他来说不管汉还是魏还是晋，都能让他的家族"国安民乐，岂不美哉？"

谁高谁低，真是一目了然。

魏徵

20

唐太宗时期,民间名声最大的大臣是谁?

说是魏徵,谅来无人反对。

《谏太宗十思疏》是千古名文,以前还入选过语文选读课本;太宗用醋芹逗魏徵,是传奇段子;"誓杀此田舍翁"的龙颜大怒与长孙皇后的贺喜,更体现出魏徵的直、长孙氏的贤与李世民的开明,千古佳话。

最后到魏徵逝世时,太宗叹息以铜为镜、以古为镜、以人为镜如何如何，魏徵逝世，自己少了面镜子。

这堪称谏臣直臣所享有的最高评价。

那么，身为中国历史上最有名的谏臣，魏徵具体的工作是什么？

太宗朝初期，房谋杜断：那是房玄龄和杜如晦。房玄龄几乎为相一朝，长孙无忌则是太宗左右手。

按钱穆先生的说法，唐朝中书省门下省为真宰相，则中间李靖、温彦博、高士廉、徐世绩、岑文本、马周、褚遂良、长孙无忌等都参与过宰相工作。然而这几位宰相的朝堂事迹，似乎都不如魏徵有名。

魏徵自己当过秘书监参预朝政，特进知门下省事、国朝典章、参议得失。这个特进知门下省事还有个来由，《旧唐书》很明确地记载道：

徵自以无功于国，徒以辩说，遂参帷幄，深惧满盈，后以目疾频表逊位。

太宗曰："朕拔卿于雠虏之中，任公以枢要之职，见朕之非，未尝不谏。公独不见金之在矿也，何足贵哉？良冶锻而为器，便为人所宝，朕方自比于金，以卿为良匠。卿虽有疾，未为衰老，岂得便尔？"

其年，徵又面请逊位，太宗难违之，乃拜徵特进，仍知门下事。

魏徵也知道自己无功于国,更多靠论说。太宗则表示,就是希望魏徵鞭策自己。

《剑桥中国隋唐史》里,如此认为:

魏徵很少参与实际的行政和决策工作,他并不是作为从事实际工作的政治家而成为当时和后世有代表性的人物。魏徵一直以一个不屈不挠的道德家和无所畏惧的谏诤者而著称;中国人确实认为魏徵是太宗群臣中最杰出的人物。

即,太宗朝的群臣里,比起实干家如房玄龄,顾问小舅子如长孙无忌,决策大师如杜如晦,魏徵主要负责的是:进谏和反对。

即便他老了,太宗还是要他在朝里镇着,给自己找碴。

话说,李世民登基时,小舅子长孙无忌是首席谋士,但用的宰相房玄龄就是山东人了。杜如晦出身于京兆杜氏。李世民的老冤家萧瑀——贬了又用,用了再贬,一会儿要出家,一会儿跟太宗吵——一看这姓就知道,南朝萧氏。

魏徵是河北人,没什么太特殊的背景。

唐太宗的宰相班子来自五湖四海,这很要紧。毕竟我们知道,在唐得天下前,西魏到北周到隋,历朝贵族,大多就是西魏八柱国十二大将军及其后裔们来回折腾。

唐初,魏徵本是太子建成的人。玄武门之变以后,魏徵见李世民,直白地说:如果建成当初听自己的话,就不会遭祸。

如此直率，李世民却觉得很好。李世民即位后，立刻让魏徵出使关东做安抚工作。意思很明白：旧仇人如魏徵，我都用呢，何况你们？大家放心啦！

之后的那些年，太宗用着魏徵，让他参与修典，听他每天叨叨自己的过失。

不妨说，魏徵并不是一个天才谋划家，而更像一个道德劝谏者、一个反对派，有时甚至显得不近人情。

但李世民需要他，不只是因为李世民在意后世形象。

古代若求治世，一向是天子与士大夫共治天下，但这共治，并没有实际标准。

黄仁宇先生在《中国大历史》里提过，唐朝时还没有制度上的"互相制衡"（hecks and balallces）。在贞观初，没什么人可以制衡李世民。

李世民自己是知道这个道理的：既然大家都希望有人能制衡一下天子，好，就选个魏徵来给自己找碴吧。

李世民每天放任魏徵这个河北人、建成旧党、道德洁癖，无休止地叨叨自己，就是要明明白白地告诉天下，自己不念旧恶、任才量使、乐于听谏。

甚至魏徵逝世后，李世民一旦要表达自己的悔意，也可以去把推倒的碑又立起来。

他心里不定多少次念叨"魏徵这个爱抬杠的家伙"呢，但他一定也知道，自己乃至大唐，终究是需要有魏徵这么个人的。

我们现在说贞观朝多好，说划分十道、亲选刺史、修订法典、改革府兵，这些都太大了。

只有"太宗每天允许魏徵叨叨自己"，鲜明而实在，后世百姓由此而知：太宗是个知错能改的人，拥有千古无二的开明。

这大概才是李世民留着魏徵、尊重魏徵、每天听魏徵叨叨，背后的一番苦心。

最好玩的，还是后世史书的记法。

《旧唐书》里，李世民和魏徵的关系比较简单：魏徵表现得刚直，李世民总是欣然接受，觉得魏徵很真诚。

太宗新即位，励精政道，数引徵入卧内，访以得失。徵雅有经国之才，性又抗直，无所屈挠。太宗与之言，未尝不欣然纳受。徵亦喜逢知己之主，思竭其用，知无不言。太宗尝劳之曰："卿所陈谏，前后二百余事，非卿至诚奉国，何能若是？"

从头到尾，二人都没有大矛盾。直到魏徵死后，太宗怀疑魏徵跟侯君集案有染，又听闻他许多进谏是有目的的，才不悦起来。

总体强调的还是魏徵进谏、太宗听谏的故事。

而《新唐书》就八卦多了，多了这几个段子：

李世民修了一座高建筑，好看看长孙皇后的陵墓，被魏徵叨叨，迫不得已拆了。

魏徵过世后，太宗听了谣言，气得先推倒了魏徵碑，征高丽回来时后悔了，又把碑立起来了。

为何要苦口婆心地安插这种段子呢？后面的赞里解释了：

君臣之际，顾不难哉！以徵之忠，而太宗之睿，身殁未几，猜谮遽行。

大概在《新唐书》里，太宗也是普通人，也有脾气和感情，也会犯错，也会生魏徵的气。

这强调则是：再忠直的臣与再圣贤的君之间，也会吵架，也会猜忌，但贵在有错就改。

众所周知，《新唐书》成书于宋。同样成书于宋的《资治通鉴》说到太宗和魏徵，还多一个段子：

唐太宗在逗一只鸟，见魏徵来，便将鸟藏在袖中。等魏徵走了，太宗一看，鸟也死了。

我觉得这与汉武帝的一个段子类似：他自己不戴冠时，都不敢见著名的直臣汲黯。

所以，您看：本来魏徵和太宗只是一个听谏，一个纳谏的关系。但后世大家着意的重点，慢慢从听谏纳谏，变成了太宗对魏徵的敬惮、二人的冲突与太宗悔改。

话说，古来上到士大夫，下到黎民百姓，都渴望有一个人，可以牵制一下上头，让上头知错就改。

民间传说里，最有名的官儿，往往不是循吏能臣，而是可以铡皇亲国戚的包拯，手持金锏、可以威慑天子的八贤王，还有各色青天：海青天海瑞，施青天施世纶……

大家都爱看刘罗锅和纪晓岚斗和珅、闹乾隆。即便在正史里刘墉大了和珅 31 岁、纪晓岚大了和珅 26 岁，根本都不是一代人。

由此可证，大家的愿望，其实真的很朴素，无非就是"您是老大，但最好有个人能管管您。但凡您能听得进去意见，就行啦！"

侠客靠什么生活

21

中国人写侠客,可以上溯到《史记》。《游侠列传》《刺客列传》里,都有令人心驰神往的传奇。

司马迁认为,所谓游侠,便是讲义气、肯帮忙、说话算话的人。从这个角度讲,其实梁山好汉也算侠了。

战国时的侠,按韩非子的说法,"侠以武犯禁",是仗着武力违反禁律的人。司马迁则认为游侠言必信、行必果、轻生重义,说到底是为了义气。体现在《史记》里,诸位游侠是有才华、有人脉,不服官府管制的牛人。比如《刺客列传》里的诸位,就是感念他人恩惠，而凭借一身剑术去搞刺杀的武人。他们慷慨悲歌，都很了得。

这是现实中的侠。

但在唐传奇里，开始有另一种侠了。

唐传奇里的侠，他们所会的招式，都很玄幻，不像《史记》里面的诸位，老老实实的，只擅长剑术而已。

唐传奇里的聂隐娘，十岁时被一个尼姑带走了，五年后回来，已经学会了轻功剑术和奇妙变化，专杀不义之人。聂隐娘还会变蚊子、变丹药、算命。这简直就是半个神仙了。

《太平广记》里的昆仑奴，被人围捕，可以持匕首飞出高墙，仿佛鹰，视地心引力如无物，而且顷刻之间不知所向。

段成式笔下，有个僧人脑袋中了五发弹弓而没事，僧人的儿子可以飞檐走壁。

《红线传》里，红线可以半夜去盗了盒子回来。简单说吧，唐传奇里的侠客，那都不是凡人，拍他们的纪录片时，都得用特技才成。像荆轲拿着匕首绕柱子追秦始皇这类事，跟唐传奇里的诸位不能比。

除了武功非凡，唐传奇里的诸位还会其他怪异套路。比如，《太平广记》里，风尘三侠的虬髯客，能一眼看出李世民是真命天子。这些已经超越武侠的范畴，进入仙侠的领域了。换言之，这些不是武侠小说，都成玄幻小说了。当然了，传奇嘛，要"奇"得炫目华丽，才过瘾呢。

这么说吧，唐传奇之后，小说里这些仙侠，是被文人理想化了的，所以身上都有仙气了，有点超现实。

但历史上的传统侠客也是人。人也要吃饭的呀。

这方面，王家卫的电影《东邪西毒》里很写实。洪七公太穷了，连双鞋都没有，欧阳锋给他买双鞋，然后让他去应聘刀客，还催他快做决定，因为肚子很快就会饿的。

那历史上的侠客，怎么生活呢？

这里头存在一个幸存者偏差。

历史上的侠客，许多从成为侠客的瞬间，就不太缺钱了。没钱之人，从一开始就当不了侠客。

有一个词：穷文富武。

最赤贫的人家，无论文武都供不起，只好当小农。稍微宽裕点的人家，能供孩子读读书。再宽裕点的人家，才能供孩子练武。

《水浒传》里的史进是个典型。庄户人家出身，马厩那边开个场子，置办器械，拜几个师傅，学点武艺。

若是穷苦人家，别说置办器械，连基本蛋白质都无法满足，是没力气练武的。

三国正史被描述"善击剑"的，有曹丕，有鲁肃，那都是家里有余粮的人。

故此，游侠大多是有家底的，这样才有资格学武，出门当游侠。

大多数要为金钱发愁的游侠，是所谓破落户子弟——家里一度有过钱，然后败落了，只有一身武艺。

对这路人而言，《水浒传》基本是个生活指南。游侠怎么过日子，看他们都行了。

有的靠家里积蓄过日子，如早期史进。

有的靠打山贼黑吃黑挣个仨瓜俩枣，比如史进在瓦罐寺，比如武松在蜈蚣岭。

有的就卖艺，比如病大虫薛永，比如打虎将李忠。

有的就去当雇佣兵，替人出头，比如武松就帮施恩出头，醉打蒋门神，夺回快活林——这就是黑帮片所谓的抢地盘。

要么就当武术老师，比如王进教史进，比如柴进教那位洪教头。

再就是直接组织帮派了，李忠和周通抢下了桃花山占山为王，鲁智深和杨志抢下了二龙山占山为王，都是如此。

当然，历史上最直接也最悠久的侠客度日法则，就是临时打工投靠，吃大户，俗称当门客。

战国时，孟尝、春申、平原、信陵四公子，都养了一群门客。有些是鸡鸣狗盗之徒，有些是杀人越货的剑客。

《水浒传》里，像柴进，武艺一般，却在江湖上赫赫有名，就靠四个字：仗义疏财。

什么意思呢？好汉来投奔，慨然解囊给钱。

林冲与武松，投奔到柴进庄上，作为流亡侠客，过去拜见柴大官人，说一下自己的名气，柴大官人就给吃给喝。吃饱喝足后，拱手多谢，从此欠你一个人情。

李白《侠客行》里赞美的侯嬴、朱亥，都是当了信陵君的门客。

《刺客列传》里，荆轲、聂政、专诸，严格来说，都是拿了好处，去给人充当雇佣杀手。

再说回《史记·游侠列传》，里面两个侠客最有名。一是朱家，一是郭解。

朱家就很像柴进，靠着家里有背景，大肆藏匿亡命徒。

而郭解，更像是后世游侠集大成：

他年少时做游侠，做雇佣打手，杀人藏匿凶犯、私铸钱、偷坟掘墓，干了无数不法勾当。

成年后仗义疏财，结交当地官府，笼络附近豪强，组建私人团队。

您看，这就是最典型的游侠：年轻时混社会，"侠以武犯禁"，搞定了最初的启动资金，也有了名气。然后仗义疏财，组织帮派，自己当了教父。

有人会说，游侠好像不那么浪漫。

的确如此。

真正厉害的游侠，若赶上好时候，是能干大事的。

比如西汉开国，与韩信、英布并列的彭越，年轻时就是游侠，组织帮派少年，成立私人军队，跟了刘邦，老在后方骚扰项羽，最后成功了，就裂土封王。

而大多数还在路上晃荡的游侠，基本都过得苦兮兮。说是仗义疏财，财从哪儿来？说是锄强扶弱，哪有那么多强让你锄？能被一两个游侠端掉的，那也就是底层小地主，或者三五个人的破山寨。

说难听点，大多数游侠，除非当了帮派老大，或者洗白成为公职人员，否则就还是不法分子、混社会的打手、保镖、卖艺的。像武松以前在县里打了人，逃到柴进庄里躲起来，过两天打死一只老虎，当了阳谷县的都头。这就是典型的游侠浪子回头金不换，找了份工作的感觉。

当然了，对普通百姓而言，这种感觉很酷，就好像现在许多少年也觉得混社会很酷似的。

但是虚构归虚构，现实归现实。虚构的游侠和现实的故事，一定得分清楚。

《儒林外史》里记录过一个好玩的故事：

两位官府公子很崇拜游侠，对某位游侠敬若神明，真的养了一个游侠。结果有一次，他们养的游侠，拿回来一个渗着鲜血的袋子，说自己斩了仇家的人头，现在要跑路，让二位给点钱。二位公子赶紧给钱。游侠走了许久，大家琢磨要把袋子藏起来，结果打开袋子一看，里面其实是一个猪头。

所以您看，有些游侠兼营诈骗，骗的就是相信传统游侠传奇的浪漫青年。

这个猪头就是绝妙的讽刺。

富贵归故乡

22

司马迁写项羽与刘邦,处处有对照。
比如,俩人都见过始皇帝巡游。

项羽说:"彼可取而代之。"刘邦说:"大丈夫当如此也。"
项羽的盛气,刘邦的野心,一言可见。此后二人的命运走向,也差不多定了。

另一组对比,比较隐晦。

项羽入咸阳后，决定东归彭城，曰："富贵不归故乡，如衣绣夜行，谁知之者！"

衣锦夜行这个成语，就是这么来的。

彭城乃四战之地，利于进攻出击，不利于防守。后来刘邦一度拿下彭城，就被项羽奔袭，几乎全军覆没。

回彭城，也的确很合项羽27岁的年纪、喜欢出击的作风。

当然，主要是为了富贵归故乡：显摆。

当日有人劝项羽留在关中，项羽不听，那人出门就说楚人沐猴而冠，被项羽烹了。

与之相反，刘邦定天下后，就没有考虑富贵归故乡。

他本来想定都洛阳，但刘敬与张良都劝他定都长安。刘邦听了。

刘邦算是现在江苏地区出生的人，离乡时都快50岁了，此后长居关中。想想饮食气候，那适应起来，可未必容易啊。

但刘邦终究还是留下来了。

这个决策，也可见刘邦与项羽的不同。

刘邦不是不爱故乡，不是不想回故乡。

后来刘邦还乡，召集故人父老子弟喝酒，教120个小孩唱歌，亲自唱道："大风起兮云飞扬，威加海内兮归故乡，安得猛士兮守四方！"

然后起舞，慷慨伤怀，流泪了。

刘邦对父老乡亲说的话也真诚，开头就是一句："游子悲故乡。"

所以，虽然定都关中，但他"万岁后吾魂魄犹乐思沛"。之后，很实在地，免了故乡百姓的徭役赋税。

刘邦对故乡是真的好。

有人会问：既然刘邦这么爱故乡，为何不跟项羽一样，定都故乡呢？

这就是刘邦与项羽的不同。

项羽年轻，感性，爱出击，用人唯亲，也乐意待在自己熟悉的环境里。年少富贵，名震天下，回故乡，多威风。

刘邦起兵时已47岁，也感性，也有脾气，但老成谋国。他爱故乡，爱到起舞唱歌流泪，世世免徭役。但涉及定都，那就是天下大事，不是个人情感所能左右的了。

《史记》里，写刘邦怠懒无赖，不失流氓气，但他与一般流氓的区别恰在于：脾气归脾气，做事归做事。撒完泼生完气，从善如流。

韩信写信来，要刘邦封他为假齐王。刘邦大怒，破口大骂，这是情感支配。骂完了，陈平一踩脚，刘邦反应过来，立刻又接茬，说韩信没出息，当王就当真王，当什么假王！接着直接封了韩信一个王。

流氓般的脾气，机器人般的冷酷，是为刘邦。

刘邦有没有过炫耀的冲动？有没有过"今天你对我爱答不理，明天我让你高攀不起"的劲头？

有的。

他称帝后，曾经当着群臣的面跟父亲撒娇："你先前说我哥哥刘仲产业比我多，现在我俩产业哪个多？"群臣皆乐，刘太公那尴尬的脸色，实在难以想象。

但他最终，还是没定都沛县。

其实，韩信也有点这劲头。据说韩信富贵后，回去做了两件事：

给救助过他的漂母，还以千金。是所谓一饭千金。

对胯下折辱他的人，给予官位，显示自己宽宏大度。

这两件事，可见韩信骨子里，还是"国士报我，国士待之"的脾气，和项羽一样，总还得回去威风一下子。

所以他才会有天真的幻想，觉得刘邦不会坑害他，是所谓"韩信犹豫不忍倍汉，又自以为功多，汉终不夺我齐"。

殊不知刘邦是个感情归感情、理性归理性，思乡却不回家的人啊。

元曲里有一出名段,睢景臣的《哨遍·高祖还乡》,实在绝妙。

写一个乡民眼里的汉高祖还乡。先是威风凛凛,弄些乡里人没见过的仪仗、大作怪的衣服。然后车上下来个大汉。大家仔细一看,认出来了,气死了:

你不就是那个姓刘的吗?你老婆不姓吕吗?你做亭长时喝酒,你跟我喂牛切草,你以前怎么欠我的钱,我都记着呢!怎么你这个刘三,就更名改姓叫了汉高祖!

这一段,的确是戳穿了泡沫,讽刺了刘邦少时的嘴脸,看着真是痛快解气:

你这个装模作样的汉高祖,还不是乡里出来的刘季?

但换个角度想,刘邦的确是个亭长出身的无赖,皇帝的确与乡民一样,是普通人。

然而刘邦本身的功业,的确也够了不起。开汉朝基业,承秦制,开创文明。个人私德如何不提,成就是真足够传奇的,可以说影响到如今我们每个人。

而在乡民眼里,这些都没什么用。所谓皇帝车驾,在他眼里也不过是"没见过的仪仗,大作怪的衣服"。

有时想想,项羽若富贵归故乡,又会如何呢?

他回到彭城,威风凛凛地对乡民们说,自己破釜沉舟、解巨鹿之围、降伏章邯、分割天下……乡民们到底懂不懂他在说啥呢?

类似的,刘邦回去唱"大风起兮云飞扬,威加海内兮归故乡,安得猛士兮守四方",乡民们到底知不知道海内包括哪里?知道四方是哪里吗?毕竟,刘邦的父老们,大多数都没出过本乡吧。

刘邦也就是自己抒情一下而已,估计乡民们也未必理解。他应该也明白这点。

项羽认为富贵了不归故乡如衣锦夜行,大概是得回去了才够威风,然而这其实更像是本人对故乡的一点执念。

就像许多故事,都有着"今天你对我爱答不理,明天我让你高攀不起"的结局。然而真实现了,心里真的会获得快意吗?

《史记》里还有一个故事:

苏秦穷困时,嫂子对他很糟糕,苏秦佩六国相印权倾天下时,嫂子就谄媚。

苏秦明知故问:"嫂子为何如此?"嫂子答:"因为你位高而多金。"

所以,如果以"今天你对我爱答不理,明天我让你高攀不起"作为激励自己的动力,也可以,但别太当真。

因为每个人对其他人的了解,总是有限的,你无法让希望说服的对象真正服气。

更大的可能是，你强大到了超越对方认知的地步，对方却意识不到。

苏秦合纵六国，可是对嫂子而言，也不过是"位高多金"而已。

许多人理想中的富贵归故乡、"让你们高攀不起"，其实并不一定能慑服对手，更可能的结果是：夏虫语冰，鸡同鸭讲。

就像无论你多大了、做了什么，逢年回乡，还是会被七大姑八大姨问：

挣没挣钱？讨没讨老婆？生没生孩子？你小时候我还抱过你呢……

既然世上绝大多数人并不理解你，残忍点说，也并不关心你实际怎么样，只在意一些看得见的、容易理解的东西，比如位高多金之类，那么，就不必抱着"要让看不起我的人吓一跳"的心态，随时在意他们的看法吧？

做好自己该做的，让自己开心，才比较重要。

妖怪

23

《山海经》里的神灵妖怪,不少是半人半兽。中国人文始祖伏羲和女娲,都是人面蛇身。

这不奇怪,因为人类原始宗教会将自然力拟人化。更干脆的,就是把人与动物合体。比如埃及的阿努比斯,负责给人的心脏称重的那位,就是狼头人身。

狮身人面像众所周知,就不提了。

希腊史诗里,奥德修斯归航时,遇到过塞壬。塞壬女妖就是人头鸟身。传说里的哈尔庇厄,其实也是人头鸟身。

希腊史诗里还有人头马身,就更不用提了。

佛教术语里的天龙八部,八部最后两个:一个是紧那罗,人头马身、马头人身、人头鸟身、鸟头人身都有;一个是摩呼罗迦,人身而蛇头。

人与动物的合体,在古代神话并不罕见,也不算太邪恶。

原始宗教里,总想象万物有灵,于是把自然人格化。天神地神,水神火神,雷公电母,不一而足。最简单的方式,就是将人类和自然的某样东西揉起来,这样,超自然力也就人格化了。比如《荷马史诗》里觉得天气好,是神帮忙;起洪水,是神捣乱。

但后来,慢慢有个倾向了:

越到近代,神越来越人格化,所以后期的伏羲女娲、上帝宙斯,都十分像人。反过来,妖怪就越来越不像人。于是,拟人化自然物,本来是神妖共有的特征,后来越来越变成妖怪专有的了。

《山海经》时期的妖怪群,更多像是"怪物",并不害人。

《山海经》有鲛人,是人和鱼合体。

大概是到汉朝董仲舒后,中国人开始相信天人感应。所以总爱强调国之将亡，必出妖孽。王充又说："故妖怪之动，象人之形，或象人之声为应，故其妖动不离人形。"即妖不是人，但越来越像人。

到魏晋时，就有干宝《搜神记》，"宋定伯捉鬼"一类的故事我们已经很熟悉了。

我们熟悉的狐狸精，算是典型妖怪。狐妖的进化历程，堪称中国妖怪进化历程的缩影：

人类先是假设狐狸可以人格化，根据"狐狸很狡猾多谋"，推论出"狐狸通灵，狐妖可以变成人形，但比人类狡猾"。

《朝野佥载》说："唐初以来，百姓多事狐神。"即民间拜狐狸大仙。这里狐狸就不是狡猾多智，而是善于变化有神通的了。到《太平广记》，狐狸又有了勾引人的法术。

于是弧线故事成型了。

你看，妖怪就是一步一步，从超自然力的虚构，再到动物与人的复合体，最后被人类设定成人格化了的坏东西。

人类又特别喜欢征服自然。既然根据自然条件虚构出了妖怪，那就要安排人跟妖怪斗一斗了。

想象一下，如果《西游记》里唐僧西行，没有遇到会喷火的红孩儿、会起妖风的黄风怪，而是单纯写玄奘法师遇到了火灾和妖风，是不是就没意思了？

如果他在狮驼岭遇到的不是狮子精、大象精和大鹏精，而是狮子、大象和大鹏，是不是就不够惊险了？

妖怪是邪恶化了的恶劣自然，是人格化了的邪念，当然要克服一下啦！没有妖怪也要虚构个妖怪来打一打嘛！

虽然偶尔也有《白蛇传》《聊斋》这类对妖怪比较友好的文字，但大体上，妖怪这个概念，就是被人类设定了的坏东西，是自然的负面因素的人格化变体，是人类编出来吓唬自己的东西，同时是自己征服自然与邪恶力量过程中的活靶子。哪怕是白素贞，也会设定成"她是人形时便好，喝雄黄酒现了原型就不对"这样的。

当然还有一种特殊的情况，就是如上所述的《白蛇传》里，那些美女妖怪。

话说，为什么各色传说里，美女妖怪总要来勾引穷书生呢？

做书人的世界观这么解释：首先，妖怪品德有问题，这是根因；其次，妖怪通常得要吸人类的阳气，要吃人心之类——因为妖魔鬼怪伤害过人，所以人妖不两立。但稍微一想便会发现，这是从人类角度出发去解释。妖害人类，何必为此有心理压力？

大多数传说里，美丽女妖都被设定成了等待书生拯救的对象。她们温婉美丽，胜于大多数人间女子；她们明明有凌驾人类的能力，却不去统治人类，还要委曲求全，等待救赎，一旦有人类拿出一点真心相待，女妖就舍弃一切迎难而上。好像妖怪天生就低人类一等、对人类有歉疚之情，活该倒霉似的。

这么设定，最后的得益者是谁呢？书生。首先，因为对妖付出真心，道德上很是伟岸；引得女妖们死心塌地跟了他们后，肉体上又获得了回报。这就是做书者的结论了：把女妖们设定成等待拯救的痴情角色，再赋予她们完美容貌，然后就可以让主角乐滋滋地跟她们谈恋爱啦。

没法子，人类把她们设定成那种不太像人的超自然嘴脸，正是供己所乐的呀！

岳飞与韩世忠

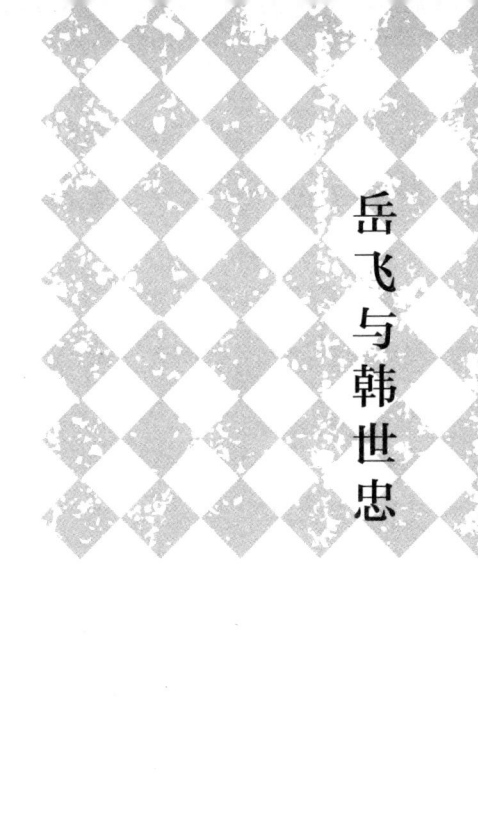

24

众所周知,岳飞是《射雕英雄传》里的隐藏主角:

从靖康二字,引出郭靖杨康,到争夺《武穆遗书》,到郭靖后来(与岳飞一样)驻守襄阳。郭靖身上,其实承载着金庸先生"假如岳飞不死"的盼望。甚至还借成吉思汗之口说:"恨不早生百年,与这位英雄交一交手。今日世间,能有谁是我敌手?"

小说里,郭靖黄蓉到归云庄,看见陆乘风写了岳飞的词《小重山》。这一处是致敬岳飞。

后来郭靖黄蓉到临安,去给洪七公弄御厨房的菜吃。到了翠微亭,黄蓉告诉郭靖,亭子是韩世忠建的,题的却是岳飞的诗。

这一段,就特别有意思了。

我们都知道:岳飞之死,无非欲加之罪,而欲加之罪,何患无辞。

后世有许多人,会替赵构秦桧,找岳飞的罪名。还有所谓"岳飞不会做人"的论调。

然而抠岳飞的罪状,会很容易不自觉地站在了秦桧或宋高宗赵构的视角。

如果只从一个中立者的角度看,岳飞分明是很会做人的。

与曹成作战时,岳飞特意叮嘱张宪:"诛其酋而抚其众,慎勿妄杀,累主上保民之仁。"

即要他别乱杀人,不能连累皇上的仁德。

刘豫兵马要打来,当时另一位所谓的中兴名将张俊怂了,想撤退。岳飞眼睛有病,但一听到宋高宗宣召,立刻带病赶来。他来时,刘豫的兵已经撤了。赵构却很满意,亲口对赵鼎说:"诸将知尊朝廷为可喜。"他也知道,岳飞对自己够敬重。

有人说,岳飞曾经劝赵构立太子,犯了大忌讳。然而,岳飞当时做这事,是出于忠心。他是悄然上奏的,给赵构留足了面子。

之后赵构立了太子,岳飞见过后,立刻大喜说中兴基业有望。处理得很精妙。

也有人说,岳飞个性太张扬。然而张浚说岳飞是"避宠荣"。他是懂得避嫌的,不断推让各色封赏,并不让自己处于嫌疑之地。

换一个角度看:秦桧后来做宰相20年,厚颜无耻,坑害忠良,连科举时比他孙子考得好的陆游,都要特意打压下去。

这么个家伙,捉了岳飞来,拷问了两个月,也没什么实实在在的证据。

赵构是为了议和而杀岳飞,秦桧是为了杀岳飞而促议和。

替昏君奸臣去给岳飞找罪状,那才真是鸡蛋里挑骨头。

但在这过程里,其实还有一出戏。

众所周知,南宋所谓中兴四将:岳飞、韩世忠、张俊、刘光世。

刘光世很早就骄惰不战,沉溺酒色,晚年研究茶道了,不提。

岳飞、韩世忠与张俊,是为当时三大将。

《宋史·岳飞传》明说了:岳飞在诸将中最年轻,功劳又大,韩世忠和张俊一度不爽。岳飞一直迁就他们二位,以缓和关系。

韩张二位的区别是,韩世忠是个直肠子好汉,张俊却是心胸狭窄的守财奴,自己铸堆白银球,叫作"没奈何",贼都偷不走。

金人攻打张俊负责的淮西，张俊不敢出战，岳飞出战了，得了封赏。张俊觉得很丢脸。

岳飞平了洞庭湖后，送给张俊和韩世忠各一艘楼船。

韩世忠是一位真军人，看着很高兴；张俊是个守财奴，就不爽了：我要钱，你送我船干吗？

之后，赵构召集韩世忠、张俊与岳飞，解兵权，在朝为官。

三人并无异议，三个宣抚司取消。

当时韩世忠和岳飞都故作闲适，并无怨言。而且岳飞有所谓"固请还兵权"，是自己要求还兵权的，那真是很会做人了。

可惜，对赵构和秦桧而言，这还不够。

《三朝北盟会编》卷二〇六有记："张俊、岳飞往淮东抚定韩世忠之兵。"朝廷派张俊和岳飞，一起去弄韩世忠的军队，意思不难明白。

张俊当时跟秦桧差不多心思，打算把韩世忠的军队拆散混编，彻底摧毁韩世忠嫡系。

岳飞反对这么做。大概张俊不爽了：我们要搞韩世忠，你居然不帮着落井下石。

后来韩世忠军中，有个叫景著的，不小心对总领胡纺说了句："二枢密若分世忠军，恐至生事。"秦桧就想拿这话做文章，诬告韩世忠谋反。

岳飞赶紧派人告诉韩世忠：小心点，有人要弄你。

韩世忠急忙进宫面见赵构。赵构真见着韩世忠，就没法子了。当年韩世忠救过赵构的命，功莫大于救驾啊，更不用说韩世忠之前擒过方腊呢。

韩世忠战功赫赫，手指还废了，右手连拿筷子都不方便。他在御前一举手，赵构再有欲心，也没法明着弄他了。

韩世忠就此逃出生天。

但岳飞就惨了。

秦桧和张俊本来想搞韩世忠，被岳飞干扰了，好，那就往死里搞岳飞吧！

这也是为什么韩世忠后来，会闯府对秦桧发怒："莫须有三字，何以服天下！"

一是他性格耿直，二是他被岳飞所救，他是个知恩图报的热血汉啊。

宋高宗赵构这人，最让我觉得滑稽的一件事，是这样的：

之前岳飞收复荆襄后，赵构去找胡松年：我知道岳飞治军好，没想到破敌也这么出色！

胡松年估计都听愣了，只好跟赵构说个基本常识："惟其有纪律，所以能破贼。"

换我是胡松年,大概还得补一句:本来纪律和破敌效率就可以是正相关的,怎么您还给弄两边去了呢?纪律越好,越能打仗,这不是常识吗?

大概赵构那会儿,活了半辈子,都当皇帝了,还不知道纪律与战斗力是挂钩的。

又或者,赵构潜意识里就觉得:能打仗的都是无秩序的流氓,治军靠谱的都是不能打仗的庸才。

所以他才一辈子缺乏安全感,遇到个能打仗的,就要按死才放心。

话说,岳飞当时曾说:"直抵黄龙府,与诸君痛饮尔!"

有人说这句话是他得意忘形,其实是他遵守着跟赵构的约定。

《岳飞传》说,岳飞年少时很能喝酒,后来不喝了。因为什么呢?

"少豪饮,帝戒之曰:'卿异时到河朔,乃可饮。'遂绝不饮。"

是的,岳飞答应了赵构,戒酒了。到进军河朔收复河山时,再喝!

所以岳飞展望未来,说直捣黄龙时才与诸君痛饮,这是一直记着他对赵构的承诺。

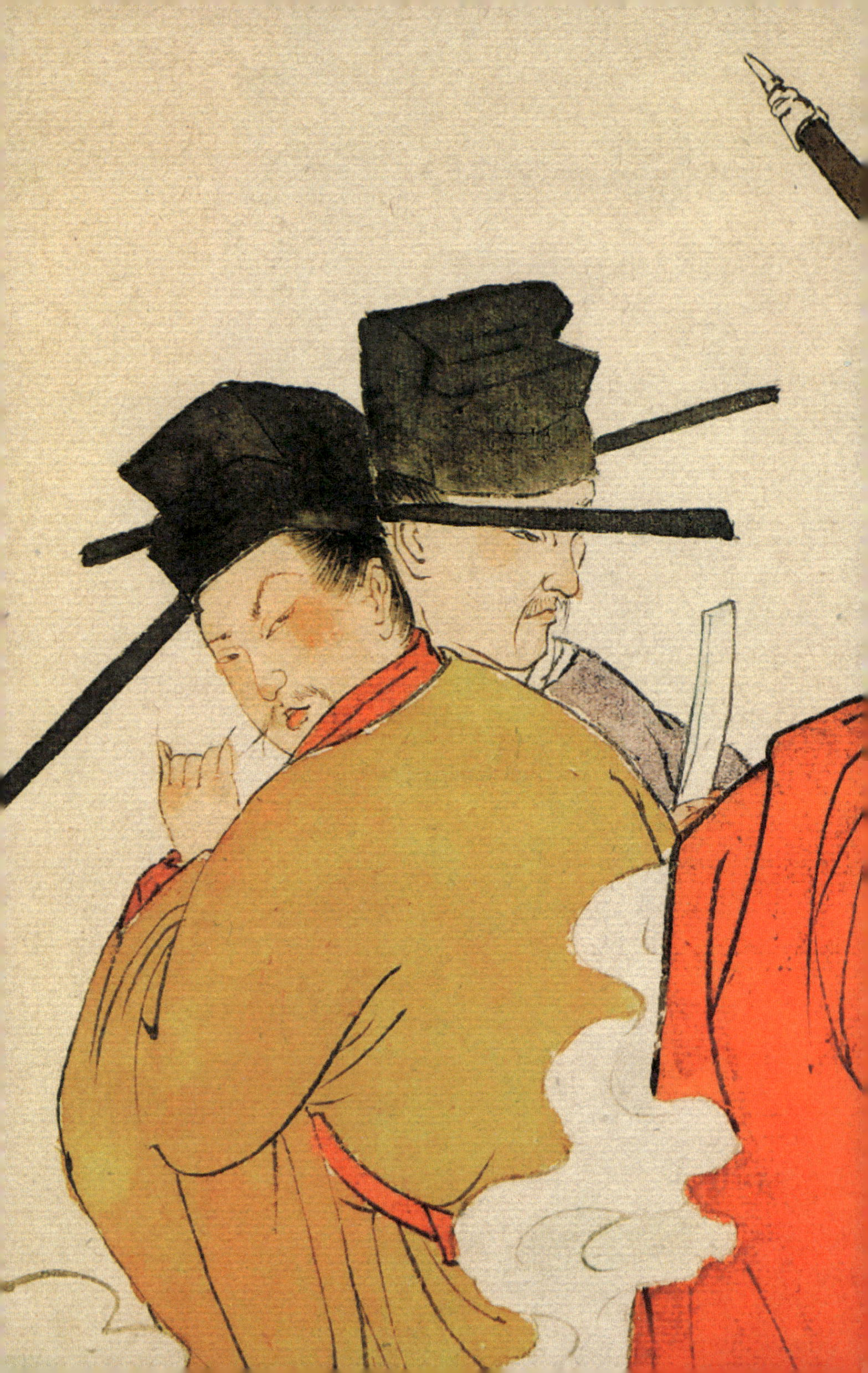

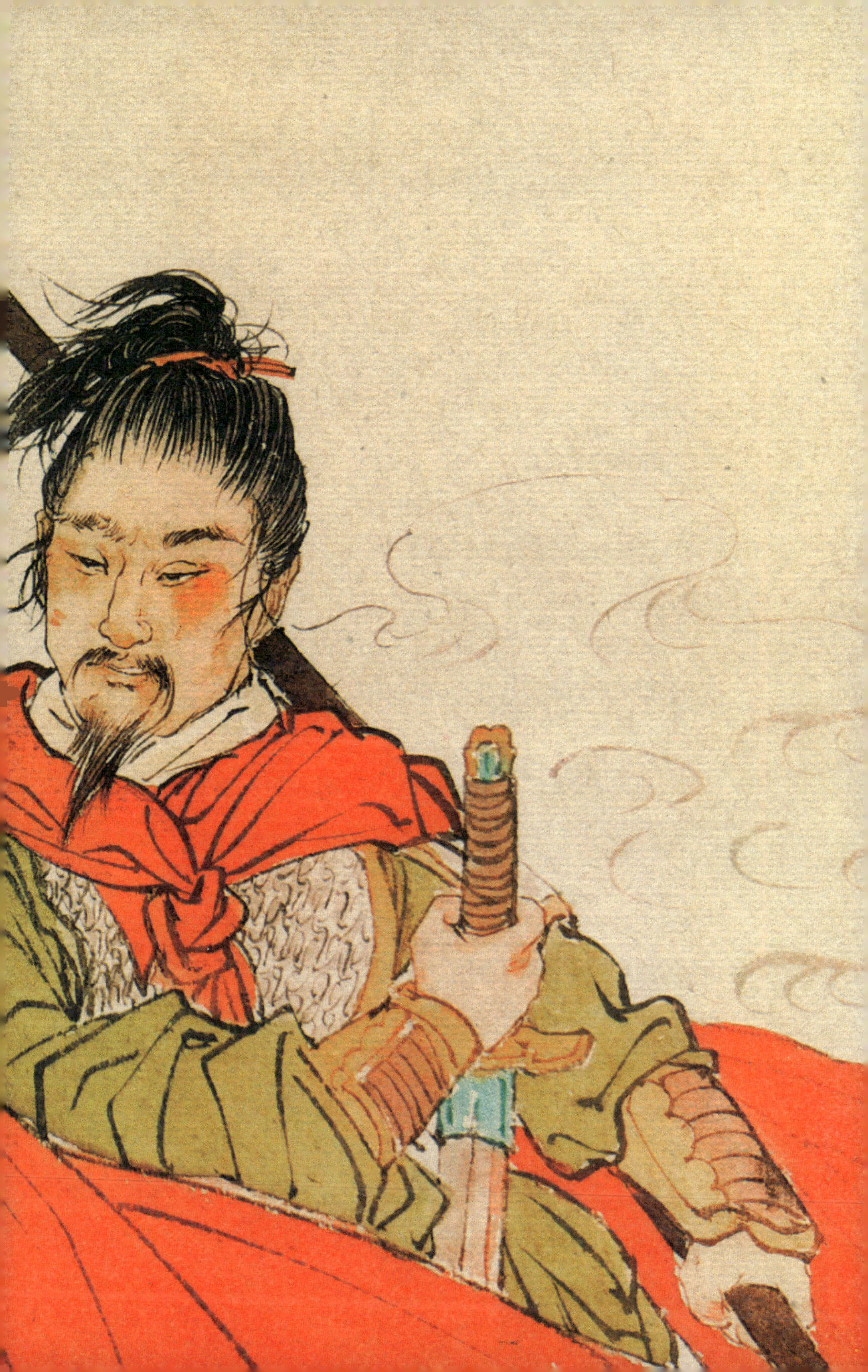

然而我们也知道，赵构其实根本就没打算再给岳飞光复中原喝酒庆祝的机会。

所以，您看：

对赵构这路缺少安全感的昏君而言，岳飞有兵权有军功，本身就是个罪状。

对秦桧这路控制欲极大的奸臣而言，岳飞居然功高清白，而且不配合自己搞诬陷，也是个罪状。

对张俊这路囤积白银铸成球的守财奴而言，岳飞样样都衬出自己不像个合格的将军，真是太不爽了。

然而韩世忠的愤怒，也救不回岳飞了。韩世忠自己的兵权，其实也没了。

韩世忠在怒斥秦桧"莫须有三字，何以服天下"之后，闭门谢客，绝口不言兵。

岳飞死后，他又多活了九年，病故那天，还被策拜为太师。

韩世忠资助了老年的刘三相公，当年取得顺昌大捷的名将。

很巧的是，刘锜后来的谥号，与岳飞一样，也是"武穆"。

最动人的故事，则发生在韩世忠的儿子韩彦直身上。

因为韩世忠绝口不言兵，也不让儿子当军人，所以韩彦直后来当了文官。

但当文官，不妨碍他做事。

宋孝宗时，岳飞被平反了。

《宋史》说得明白："时朝廷还岳飞家赀产多在九江，岁久业数易主，吏缘为奸。彦直搜剔隐匿，尽还岳氏。""又乞追贬部曲曾诬陷岳飞者，以慰忠魂。"

岳飞家被平反后，返还的资产，韩彦直替他们弄清楚，全部还回去了。

当年诬陷过岳飞的人，韩彦直也一并处理了。做得非常细致。

善有善报，恶有恶报。虽然晚了点，但韩彦直一直没忘记。

"以慰忠魂。"

这四个字，真是凛然千古。

说回开始的翠微亭。为什么金庸都要专门提一笔？

当年岳飞在池州翠微亭写过：

经年尘土满征衣，特特寻芳上翠微。

好水好山看不足，马蹄催趁月明归。

于是韩世忠在杭州，也建了一处翠微亭，那是岳飞去世两个月后的事。

这个亭子，这个名字，寄托了韩世忠的一切心声。

有人会说，立个亭子而已，真那么了不起?

就在秦桧死那年，朝廷还将岳州改成了纯州，改岳阳军为华容军。秦桧与赵构这两个人，是连个岳字都忌讳的。

所以韩世忠这个翠微亭，已经算是他的耿直与倔强了。他知道这犯忌讳，但他的脾性就是这样了。

每一出悲剧前后，总会折射人性的黑暗面与光明面。

秦桧、张俊与他们身后的赵构，那就不用提了。

韩世忠质问秦桧、默默建亭，以及韩彦直多年后的排查追问，以慰忠魂，多少是我们的一点安慰。

世上终究是有好人的。世界没那么好，但也没那么糟。

以及，岳飞到底没有救错人。

张良与孔明

25

武侯和留侯,都是聪明至极的人。但聪明得不太一样。

《三国演义》里,水镜先生司马徽说诸葛亮可比"开汉四百年之张子房,开周八百年之姜子牙",让大家觉得诸葛亮和张良都是运筹帷幄之中、决胜千里之外的大智者,但他们的风格很不同。

功能上,《史记·留侯世家》说张良:"张良多病,未尝特将也,常为画策臣,时时从汉王。"

张良是刘邦的贴身小智囊。

后来又有所谓:"汉六年正月,封功臣。良未尝有战斗功。"
但刘邦认为张良运筹帷幄之中,决胜千里之外,功劳大大的,所以让他自己挑三万户当侯。
张良很低调地推却了,只当了留侯。

诸葛亮却是:
出山先给刘备搞规划,还帮刘琦出主意,为刘备未来打基础,这里有点像张良。
亲自过江去说服孙权,促成孙刘联盟,这里就不像张良了,有点刘邦手下陆贾的意思。
担当军师中郎将,督三郡,调动赋税,后来又和关羽一起镇荆州,这里有点刘邦手下萧何的意思了。
之后有所谓:"先主外出,亮常镇守成都,足食足兵。"
这是真萧何。

等刘备驾崩于白帝城,诸葛亮成为季汉实际主宰者:"政事无巨细,咸决于亮。"

内治蜀汉,亲自北伐。
这就不是张良做的事了。

所以职责上，张良自始至终，是刘邦的智囊，是千古顶尖的意见顾问。

诸葛亮却是智囊、外交、理民、出征、宰相、实际领导人，都干过了。诸葛亮年少时自比管仲乐毅，实际上也确实做了管乐的活：上马治军，下马治民。前期搞辅佐，后期擎天柱。

再说风格。

张良早年谋刺嬴政，是个天生阴谋家。之后学黄石兵法，也可见其能隐忍。

他和刘邦都很能忍，所以一拍即合。刘邦对张良言听计从，张良说刘邦是天授。

与此同时，张良极明白人心。

打武关，知道守将是屠户的儿子，就动之以利，再乘机偷袭。

破咸阳，让刘邦赶紧回霸上，"忠言逆耳利于行"。

跟项伯套好了关系，度过了鸿门宴的危机。

建议刘邦重用韩信，拉拢彭越与英布，以讨伐项羽。

最关键的一点，当时郦生劝刘邦立六国之后一起打项羽，张良却很现实地告诉刘邦：你有兵力才能打项羽，虚名没有用。你手下的人跟着你是图好处，你把好处都分给六国后裔了，谁还会跟你？

还有劝刘邦封韩信为王,劝刘邦定都长安,劝刘邦封功臣时先封自己的仇人雍齿,为吕后搞定太子位……

他自己说这些是黄老之术,他本人其实像个深通人性幽暗面的精灵。

诸葛亮却是儒法并举,骨子里很法家。做事情是:"抚百姓,示仪轨,约官职,从权制,开诚心,布公道;尽忠益时者虽雠必赏,犯法怠慢者虽亲必罚,服罪输情者虽重必释,游辞巧饰者虽轻必戮;善无微而不赏,恶无纤而不贬;庶事精炼,物理其本,循名责实,虚伪不齿;终于邦域之内,咸畏而爱之,刑政虽峻而无怨者,以其用心平而劝戒明也。可谓识治之良才,管、萧之亚匹矣。"

讲的是开诚布公、堂堂正正、法令严谨、办事仔细。论聪明,其实正史里诸葛亮是不及张良的,但他做事,是正经宰相风格,与张良的谋士风大不相同。

结局也是:汉定天下后,张良谦退,说要做神仙去了。

诸葛亮却是鞠躬尽瘁死而后已,殁于军中了。

这就是聪明谋士与精诚宰相的区别了。

中国人的审美,
都在行云流水的书写里

26

中国人讲究的美,是行云流水,略无窒碍。苏轼说写文章应该像水,行于当行,止于当止。

李小龙也说武功该像流水。

反过来,很少有人说中国的美是侵略如火、不动如山吧?

话说,中国画的特色是什么?

许多人知道:水墨风。

水墨风从哪儿来的?

答:中国人写字,讲究文房四宝、笔墨纸砚嘛。

笔,特指毛笔。若拿个炭条当笔作画,西方人觉得可行,在中国就有问题了。中国励志传说里,多有大贤人少时穷困,买不起笔,用柳树枝画在沙子上来学字的故事。古代文盲率甚高,能不能握管执笔、是否认字,就决定了出身品第,甚至以后的人生遭际。《鹿鼎记》里,韦小宝就不会握笔,被陆高轩逼着写字,结果用握杀猪刀的手法握笔,真是辱没斯文。

人们都说蒙恬始创毛笔,是为制笔之祖,然而商朝开始,已有毛笔,只能说蒙恬所造之笔,以柘木为管,鹿毛为柱,羊毛为被,属于精制了的毛笔,大概古人们也是在这时候第一次意识到:毛笔的毛,可以不止一种。《齐民要术》里说了:青羊毛做笔芯,兔毫毛做笔被,这才能成好笔端呢。

当然到了后世,又不止如此了。软毫硬毫,狼毫羊毫,金管银管,竹管木管,所以后世得有笔架,琳琅满目,挂一溜笔待用,也可以说是摆谱。书画之家,尤重笔毫。潘天寿先生认为羊毫圆细柔顺,很好使。苏轼被贬谪到岭南,就嫌那里的笔不经用,大概是岭南气候不同,动物的毛发硬度都不一样了。

比较传奇的一种毛笔,是鼠须笔。王羲之说,传闻钟繇就用鼠须笔,于是笔有锋芒。《法书要录》则说《兰亭序》是王羲之用鼠须笔写的。鼠须笔究竟是什么?真是用老鼠胡须做的?不知道。须知后世有名的湖笔,为了保证笔尖,即"湖颖"的整齐,大概每只山羊身上,只找得出六钱羊毛可以当锋颖的。山羊恁大,只得六钱;老鼠才多大?要捉多少老鼠,才凑得齐一根鼠须笔用的胡须呢？也有传闻说，鼠须笔是黄鼠狼的毛制成的，那工程量还小些。当然，你也可以说：反正钟繇是魏国太傅，一声令下，自有人满世界给他捉老鼠、拔胡须来做笔。总不能他和自家儿子钟会一起，满屋子捉老鼠吧……

墨这个字，意思一望便知：上黑下土。上古制墨，是磨石炭；秦汉之后，用松烟、桐煤来制墨。所以汉朝时，松树多的地方容易出墨。然而单是烧了松木、取了煤灰，写字很容易尘灰飞扬一脸黑，变成"卖炭翁"。所以呢，需要工艺来精制了。《齐民要术》里，烟末、胶和蛋白要一起合成；到《天工开物》里，就得用桐油、清油或猪油来烧了。各类胶和油的加入，无非是想使墨质柔韧。秦汉时的松烟墨，颜色固然黑，但轻而不够亮；油烟墨更显黑亮光泽，适合拿来画画。到后世不惜工本的制墨者，还可能往墨里加白檀、丁香，那就了不起了。

话说还是苏轼，动手能力真强。晚年被贬到海南岛去，闲居无事，恰好有制墨名家潘衡来访。苏轼大为惊喜，二人就钻进小黑屋里，埋头制起墨来。烧了松脂，制黑烟灰，搞得乌烟瘴气，家人也不好管。结果到大半夜，房子起火，虽没伤人命，但也把大家熏得灰头土脸。次日，满屋焦黑里，扫出来几两黑烟灰。苏轼奉为至宝，觉得这就是自己制出来的墨了，只是当地没有好胶，于是苏轼又有新主意：使了牛皮胶，将黑烟灰凝固了，然而凝得太差，最后散成了几十段指头大的墨，真也不堪使用。苏轼豁达，黑着脸仰天大笑。潘衡就此告辞了。

妙在潘衡回了杭州，自己制了墨——当然比苏轼那烧了房子的墨高明了万倍——却打出招牌，说是苏轼秘法制的墨。那时杭州人民怀念给他们建了苏堤的苏轼，于是纷纷来买，苏轼自己在海南岛，还不知道自己冠名的墨，那么畅销呢。

纸，中西都有。西方概念里，觉得莎草纸、羊皮纸，都算是纸。然而这两种纸都存在不少问题：莎草纸是将莎草茎切成长条薄片，编织放平，然后捶打，用石头磨光，再上胶制成的，而且只能在一面书写。讨厌的是，莎草纸只能在干燥气候下使，一受潮，立刻腐坏。羊皮纸倒是两面都能书写，问题是剥羊皮、浸泡、刮毛、晾晒、擦防腐剂，工序复杂，简直需要一整支屠宰部队来弄一张纸。

所以东方的纸传入欧洲，简直是福音，李约瑟毫不犹豫，把纸列为四大发明之一。中国人造纸花样很多，宋朝苏易简《纸谱》说："蜀人以麻，闽人以嫩竹，北人以桑皮，剡溪以藤，海人以苔，浙人以麦面稻秆，吴人以茧，楚人以楮为纸。"

但万变不离其宗，总是绕着植物纤维打转儿。蔡伦改良造纸术，用的是树皮、破布、渔网——还是纤维。左太冲写《三都赋》，导致洛阳纸贵，可见公元三世纪时，纸书已经很流行了。到唐朝，中国人已经有闲心在纸里头掺杂各类花色印纹，做出各类信笺来传情达意了。

宋朝人已经把纸推广到了床上：朱元晦拿些纸做的被子，寄给陆游盖，陆游认为纸被和布衾差不多，而且"白于狐腋软于绵"。

笔是写字的工具，墨是字的痕迹，纸是墨的载体，文房四宝里，成品里最不显眼的是砚，然而砚的别称也最多。苏轼喜欢婺源龙尾山的罗文砚，于是写了篇《万石君罗文传》，都把砚叫成万石君了。至于其他墨海、墨侯、石友等，不一而足。批《红楼梦》那位，还叫脂砚斋呢。古代做书童的，尤其要懂得跟砚打交道：如何滴水，如何拿出一锭墨来，如何安腕运指，凝心屏息，磨出主人需要的墨。磨得好，就是有灵性慧根；磨不好，主人摇头：真是粗人！

文人有多喜欢砚呢？当年米芾被宋徽宗召去写字，米芾见天子桌上有个好砚，喜欢上了，就着砚磨了墨，写完字，抱着砚台说："这个砚台经臣濡染过，不能再侍奉陛下了，请让我拿走吧。"宋徽宗也是好脾气，答应了，米芾喜出望外，抱着砚回去，手舞足蹈，宋徽宗只好叹气："都说米芾是米颠，名不虚传。"

好砚需要好石头。张岱说过个故事：他托朋友秦一生为他找好石头，自己外出了。秦一生得了块好石头，请一个北方朋友看，北方朋友指了指石头上的白眼说："黄牙臭口，只配支桌子。"秦一生放弃了，北方朋友趁夜花30两银子，把这石头买了，制成了一块好砚，上头五小星，一大星，注道："五星拱月"。张岱自己去看时，燕客捧出砚来：只见那砚赤红如马肝，酥润如玉石,背上隐着白丝形如玛瑙,面上三星坟起如弩眼,着墨无声而墨沉烟起——真是好砚台。可见明朝时,为了好砚,连朋友都得骗呢。到后来,砚台也不是为了实用使了,比如吕留良收藏了二三十方砚,估计也未必用。这方面,苏轼颇为豁达:黄庭坚打算给他买些新砚台,苏轼说:"我只有两只手,其中一只会写字,要三个砚台干吗呢?"

众所周知,材质决定艺术内容。

砚与水合作,磨出了墨,笔蘸了墨,写在纸上。所以有行云流水之感。

《笑傲江湖》里,令狐冲大战书法名家秃笔翁,就是靠剑法让秃笔翁无法流畅地写字。秃笔翁气得跳到一边,不打了,一口气在墙壁上把自己想写的字写出来了。这就是书写的欲望。

中国艺术讲究气,气韵流动才好,气韵呆板就俗了。这种流动,也是从水墨里来的。

我想,飘逸、自在、行云流水,这真是只有中国人才能理解的美吧?而这种美,最初都来自书写啊。

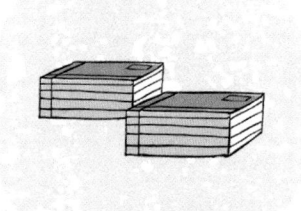

诸葛亮北伐真正的对手

27

诸葛亮北伐,真正的对手,是谁呢?

《三国演义》的读者,会觉得是司马懿。
有段时候,翻案风流行,也有人举出是曹魏大将军曹真。
就像,姜维北伐时对位陈泰郭淮的次数,可能还多过邓艾,但大家都觉得姜邓是最大的一对宿敌。

看看历次北伐。

且说公元228年春天，诸葛亮第一次北伐时，曹真为督，但跟诸葛亮没对上位：街亭之战，是张郃对位马谡；郭淮与高翔也不远。

诸葛亮二次北伐是228年冬天，急行军围陈仓，攻郝昭。张郃驰援时，诸葛亮已退，顺手斩了王双。

过了一个季度，229年开春了，诸葛亮西出建威，郭淮走了，蜀汉拿下武都与阴平。是所谓三次北伐。

230年夏天，曹魏反客为主，前来讨蜀。结果夏侯霸被打走，曹真因大雨，一个月才走了一半路，撤兵；魏延和吴懿打跑了郭淮与费曜——这次防御战，被罗贯中夸成了一次北伐。所以正史里诸葛亮五次北伐，《三国演义》里却是六出祁山。多出来的，就是这一次。

下一年春天，诸葛亮第四次北伐，以木牛运粮。当时曹真病重，不久就死掉了。后来便是司马懿初战诸葛亮。诸葛亮晃过司马懿，到上邽割麦，然后又逼得司马懿畏蜀如虎，打出了甲首三千。消耗到夏天，诸葛亮粮尽退兵，回马枪斩了张郃。

三年后，第五次北伐。诸葛亮先用木牛流马将粮草堆到斜谷邸阁，然后出斜谷口，到渭水南，来到了宿命之地五丈原。之后司马懿坚守，还玩出了千里请战、接受女衣等小动作。诸葛亮也不急,就在曹魏门前种田。两面熬了四个月,到八月,诸葛亮病倒,星落秋风五丈原。

合计五次北伐中:

诸葛亮遭遇司马懿两次:四、五伐。所以实在算不上宿敌。

遭遇张郃三次:一、二(没打上)、四伐(杀张郃)。嗯,勉强算。

遭遇曹真一次:一伐,而且没对位。

遭遇郭淮四次:一伐郭淮参与抵御,三伐郭淮在建威躲开诸葛亮,四伐五伐郭淮都是司马懿的属下。

如果算上曹魏徵蜀失败,魏延打跑了郭淮,郭淮真是诸葛亮宿敌了。加上后来郭淮又挡下过姜维三次北伐,真是蜀汉老熟人了。

当然,郭淮历次都不算主将。

让诸葛亮真正头疼的对手,既不是司马懿与曹真,当然也不是郭淮。

《三国演义》里,认为诸葛亮是逆天而行。司马徽都感叹过:"卧龙虽得其主,不得其时,惜哉!"说诸葛亮的对手是天命,也差不多。但咱们是唯物主义,不说那个。

都说蜀汉难攻,曹操回忆起来讨汉中,说简直是五百里的石穴。这不,曹真想伐个蜀,下大雨走一个月,还走不到一半——魏延之前的子午谷计划,指望十天从汉中跑到长安,太理想化了。

蜀汉难攻,但自己要打曹魏,也不容易。

诸葛亮要北伐取长安,可以走东线或西线。西线就是所谓向陇右出祁山,道路平顺,只是太迂回;东线就是要从斜谷道、子午道、褒斜道或者出散关上动脑筋。

诸葛亮二伐时走过一次散关,但那只适合轻兵突袭;一伐时赵云走了褒斜道,那是个假动作。一伐、三伐和四伐,诸葛亮都走了西线,就是所谓出祁山了。

走西线迂回,但比较平稳。走东线直接,但是累死人。

史念海先生说过,诸葛亮走陇右,是因为:"若是不取得凉州,则无由获致兵源与马匹,也无由解决军粮的问题。"

诸葛亮二伐出散关,轻兵出去的。《三国志》里,这段很是有趣:

诸葛亮复出,急攻陈仓,帝驿马召郃到京都。帝自幸河南城,置酒送郃,遣南北军士三万及分遣武卫、虎贲使卫郃,因问郃曰:"迟将军到,亮得无已得陈仓乎!"

郃知亮县军无谷,不能久攻,对曰:"比臣未到,亮已走矣;屈指计亮粮不至十日。"郃晨夜进至南郑,亮退。

曹睿听说诸葛亮来了,很紧张,很有仪式感,还很怕诸葛亮要拿下陈仓了。可是打了近半个世纪仗的老兵油子张郃，掐指一算，诸葛亮没粮草："我没到他就走了。"轻松得很。

诸葛亮四伐，晃过司马懿，割了上邽的麦子，这叫因粮于敌，好事。

但割了曹魏的麦子，撑到了六月，还是要退兵：李严那边，粮草供应不上了。

公元228至231年，诸葛亮北伐四次。但下一次北伐，要三年后了。这事司马懿也猜到了——不是他会算命，只是他跟张郃一样，懂得计算粮食。《晋书·宣帝传》一向爱吹嘘司马懿的不实战绩，但有个细节，我估计是真的：

时军师杜袭、督军薛悌皆言，明年麦熟，亮必为寇，陇右无谷，宜及冬豫运。

帝曰："亮再出祁山，一攻陈仓，挫衄而反。纵其后出，不复攻城，当求野战，必在陇东，不在西也。亮每以粮少为恨，归必积谷，以吾料之，非三稔不能动矣。"

杜袭薛悌都认为诸葛亮等麦熟就要出来。司马懿却认为，诸葛亮要积粮草，等个三年。

果然，三年后，诸葛亮又来了。

这三年，诸葛亮当然没闲着。

《三国志·后主传》说：

> 十年，亮休士劝农于黄沙，作流马木牛毕，教兵讲武。
>
> 十一年冬，亮使诸军运米，集于斜谷口，治斜谷邸阁。

劝农，是为了多点粮食；做流马木牛，是为了运粮。冬天让大家把米运到斜谷口，搞斜谷邸阁这个大粮仓，用意很明白了。

终于到公元234年即建兴十二年，诸葛亮动手了。

《三国志·诸葛亮传》描述诸葛亮这次北伐，打仗的事没怎么提，都在说粮食：

> 十二年春，亮悉大众由斜谷出，以流马运，据武功五丈原，与司马宣王对于渭南。
>
> 亮每患粮不继，使己志不申，是以分兵屯田，为久驻之基。耕者杂于渭滨居民之间，而百姓安堵，军无私焉。

诸葛亮在斜谷预备了粮食，预备了流马来运输，还派人屯田，跟当地老百姓和睦相处。

这回司马懿没辙了。打，三年前甲首三千。只好守呗。

二伐时，诸葛亮打了一个月就回去了。四伐时，诸葛亮春天出兵，割了麦子，撑到了六月。

五伐，诸葛亮还是春天出兵，到八月都游刃有余。三年积蓄的粮草，派上用场了。

但诸葛亮自己，撑不住了。

下面这事太有名，《三国志》和《三国演义》里都有。司马懿问蜀汉的人,诸葛亮起居饮食如何?答曰诸葛亮夙兴夜寐,事必躬亲,所吃的不过数升。司马懿就判断:诸葛亮要死了。

三国两晋时,十升一斗,十斗一斛。这个斛,就是曹操小斛分粮、杀了粮官那个斛。

那时一升,大概是现在200毫升吧。

一般人该吃多少呢?《三国志·邓艾传》里,邓艾曾经跟司马懿建议屯田,做过这么一个计算:

六七年间,可积三千万斛于淮上,此则十万之众五年食也。

三千万斛粮食可供十万军吃五年。

则每个兵丁每年吃60斛,即每个月500升。

一个兵卒,每天吃十几升是起码的。

廉颇老矣,尚能饭否?传说廉颇80岁了,还能一顿饭吃斗米(十升米),十斤肉。

诸葛亮那年54岁,身高八尺,年纪不轻,消耗极大,却吃不过数升,惹人叹息。

诸葛亮真正最头疼的,从来不是司马懿或曹真,也不是天意，而是粮草，是人类的基本生理需求。

历次北伐，他真正用心的，都是粮草。至于曹魏的对手，只好任他自来自去：战则败，追则被斩，如王双、张郃，所以只好闭门等诸葛亮断粮。

诸葛亮终于在五伐时喂饱了士兵，解决了粮食问题，但自己却吃不下什么了。

后世虽然爱将各色美食的发明权，推归诸葛亮身上，比如烤鱼之类，但归根结底，可能只有馒头真是他发明的。

的确在他活着的时候，他麾下士兵与民秋毫无犯，他治下川中人民都还吃得饱肚子。而他一个湖北女婿山东人，平常在四川吃东西，最后在秋天的黄土台塬，什么都吃不下了。

经天纬地之才，也要受制于基本的饮食啊。

所以，诸位啊，珍惜我们现在能吃饱的时候，以及，记住：吃好喝好，才是一切。

沧海横流、斗转星移、呼风唤雨、运筹帷幄，最后都抵不过"食不过数升"啊。

随荆轲刺秦王时,秦舞阳为什么尿了?

28

众所周知，随荆轲去刺秦王时，秦舞阳临场尿了。

历来都说，秦舞阳怕死，心理素质差，没做好决死的心理准备，身为将门之后到陌生环境不适应，患得患失。

但话说回来，他预定当荆轲副手已经有些时候了，也不是卒起不意，忽然要他干，心理准备，也不是没做好。

如果怕死不想干，易水之前跑路就行了。

从燕到秦路途遥远，中间时候很长，容他怂的时机很多，怎么单单那时候尿了？

说个较少人提的角度。

《史记·刺客列传》原文如下：

秦王闻之，大喜，乃朝服，设九宾，见燕使者咸阳宫。荆轲奉樊於期头函，而秦舞阳奉地图柙，以次进。至陛，秦舞阳色变振恐，群臣怪之。

朝服九宾咸阳宫，秦舞阳到陛前，尿了。

后来刘邦称帝，群臣无礼，叔孙通整饬礼节，《史记》原文如下：

汉七年，长乐宫成，诸侯群臣皆朝。仪：先平明，谒者治礼，引以次入殿门。廷中陈车骑步卒卫宫，设兵张旗志。传言"趋"。殿下郎中侠陛，陛数百人。功臣列侯诸将军军吏以次陈西方，东乡；文官丞相以下陈东方，西乡。大行设九宾，胪传。于是皇帝辇出房，百官执职传警。引诸侯王以下至吏六百石以次奉贺。自诸侯王以下莫不振恐肃敬。

这么一套典仪做出来后，"自诸侯王以下莫不振恐肃敬"。

刘邦手下那些诸侯王，都是万中无一的精英，秦汉之际一路杀伐过来的，出生入死，什么没见过？

到此天下太平了，看见一场新排演好的典仪，依然"莫不振恐肃敬"。

典仪的派头，就是这么吓人。

秦舞阳还能比诸侯王见过的世面多吗？

秦舞阳当时面对的朝服九宾咸阳宫，格局之大，是他前所未见的；而当日咸阳殿上殿下，又秩序井然。

后来荆轲刺秦时记载得很明白：

群臣皆愕，卒起不意，尽失其度。而秦法，群臣侍殿上者不得持尺寸之兵；诸郎中执兵皆陈殿下，非有诏召不得上。

咸阳宫的殿上殿下，可不是现代会议室，可以轻易进去见老板，给他递交文件。

咸阳宫广阔宏伟，殿下面的人是需要诏令才能上殿的。

这份森严与宽阔，都不是没见过的人可以想象的。

这方面，我觉得，张艺谋《英雄》和陈凯歌《刺秦》，都把握到了。见秦王时，镜头语言都特意强调场面之大，让人感受到个体格外渺小。

所以《刺秦》里秦舞阳尿了，大家看着，也觉得可以理解。

做好心理准备去杀一个人是一回事，真看到了大场面，还能腿肚子不软，是另一回事。

秦舞阳杀过人，也存着杀人的心，做足了心理准备，知道回不去了。

但这典仪场面，绝非他之前在燕国可以想象的。

而古代典仪的用途之一，就是以宏大气势，让远人心服。

所以秦舞阳在咸阳宫的心态，可以借《鹿鼎记》里的一段描述去理解：

但见房中一排排都是书架，架上都摆满了书，也不知有几千几万本。

韦小宝倒抽了口凉气，嗜叫："辣块妈妈不开花，开花养了小娃娃！他奶奶的，皇帝屋里摆了这许多书，整天见的都是书，朝也书（输），晚也书（输），还能赌钱吗？海老公要的这几本书，我可到哪里找去？"

他生长市井，一生之中从来没见过书房是什么样子，只道房中放得七八本书，就是书房了。从七八本书中，拣一本写有"三十二"或"四十二"几个字的书，想必不难，但此刻眼前突然出现了千卷万卷，登时眼花缭乱，不由得手足无措，便想转身逃走。

当苏轼决定随遇而安时,忽然发现……

29

乌台诗案后,苏轼的性格变了。

首先,他放弃成名了:

平生文字为吾累,此去声名不厌低。塞上纵归他日马,城东不斗少年鸡。(《十二月二十八日,蒙恩责授检校水部员外郎黄州团练副使,复用前韵二首》)

后来在黄州,他很欣慰没人认识自己了:

得罪以来，深自闭塞，扁舟草履，放浪山水间，与樵渔杂处，往往为醉人所推骂，辄自喜渐不为人识。(《答李端叔书》)

消费上，他也决定收敛了，每天只用 150 钱。

但痛自节俭，日用不得过百五十。每月朔便取四千五百钱，断为三十块，挂屋梁上。平旦用画叉挑取一块，即藏去叉，仍以大竹筒别贮用不尽者，以待宾客。(《答秦太虚书》)

吃肉方面，他也决定自己吃得高兴就好：

早晨起来打两碗，饱得自家君莫管。(《猪肉颂》)

游赤壁时，比起"哀吾生之须臾，羡长江之无穷"，他更倾向欣赏山间清风江上明月，于是在船上躺平了：

相与枕藉乎舟中，不知东方之既白。(《赤壁赋》)

甚至敲不开自家门时，他也就这样了：

夜饮东坡醒复醉，归来仿佛三更。家童鼻息已雷鸣。敲门都不应，倚杖听江声。(《临江仙·夜饮东坡醒复醉》)

在吃上，他也不拣精粗了：

道旁有鬻汤饼者，共买食之粗恶不可食。黄门置箸而叹，东坡已尽之矣。徐谓黄门曰："九三郎，尔尚欲咀嚼耶？"大笑而

面馆

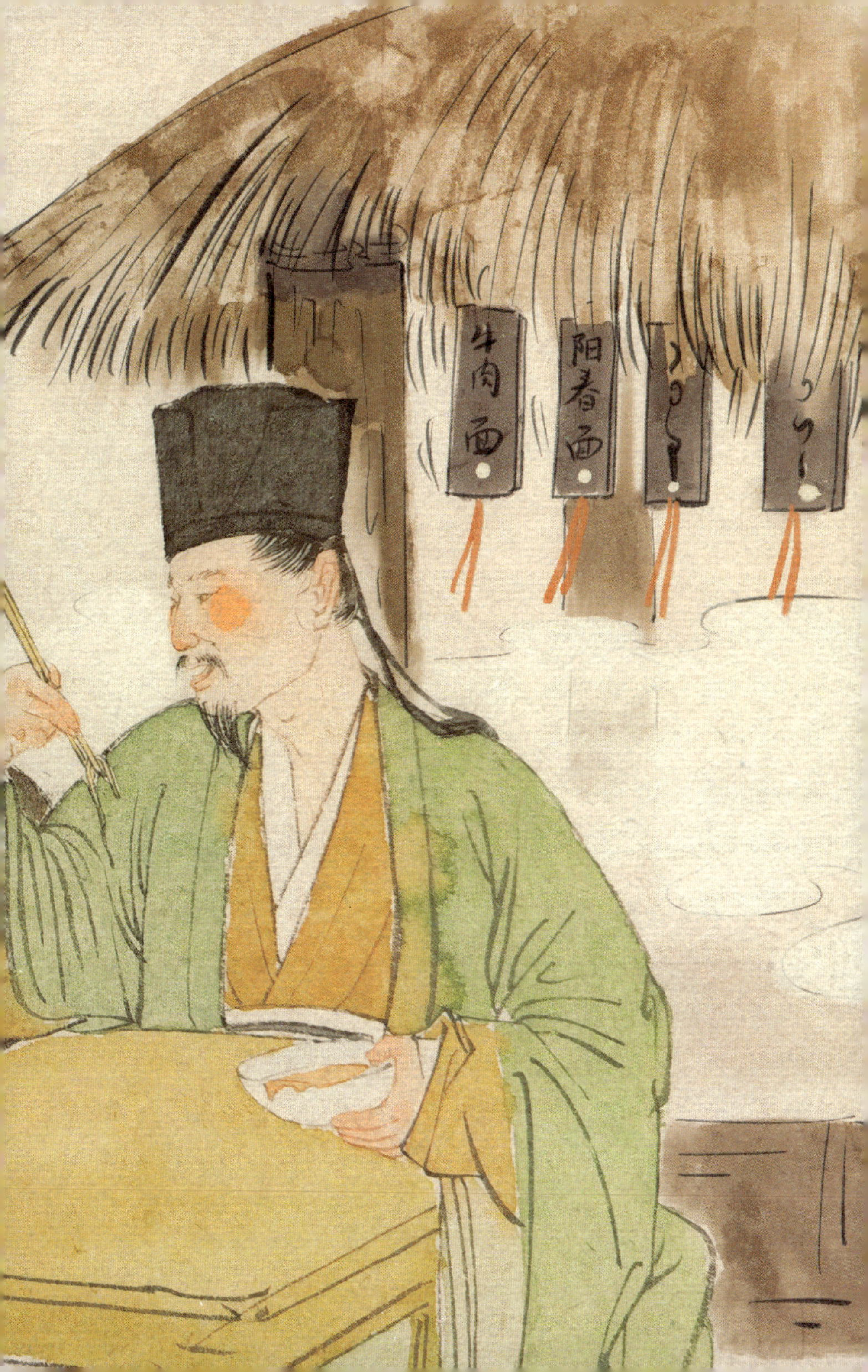
牛肉面
阳春面

起。(《老学庵笔记》)

——路边卖的面,其实不好吃。苏辙吃不下,叹气;苏轼却已吃完了,慢悠悠地对苏辙说:"你还要细嚼慢咽品味吗?"大笑着站了起来。

在喝酒方面,他也不挑了:

酸酒如荠汤,甜酒如蜜汁。三年黄州城,饮酒但饮湿。我如更拣择,一醉岂易得?(《岐亭五首·其四》)

他甚至不寻思回故乡了。

在黄州则说:

临皋亭下八十数步,便是大江,其半是峨眉雪水。吾饮食沐浴皆取焉,何必归乡哉!江山风月,本无常主,闲者便是主人。(《临皋闲题》)

——反正长江水也是故乡雪水,哪里都一样。

在惠州则说:

我生涉世本为口,一官久已轻莼鲈。人间何者非梦幻,南来万里真良图。(《四月十一日初食荔支》)

——我就是爱吃口好的,何必非要莼鲈之思回故乡;人生在世反正一场大梦,来南边也挺好。

他在生活方式上,非常潇洒:

一曰无事以当贵,二曰早寝以当富,三曰安步以当车,四曰晚食以当肉。(《赠张鹗》)

——看淡功名得失,早睡早起,强健肢体,用已饥方食来代替对美味佳肴的贪得无厌。

最后,就是他的终极开悟:

余尝寓居惠州嘉祐寺,纵步松风亭下,足力疲乏,思欲就床止息。仰望亭宇,尚在木末,意谓如何得到。良久忽曰:"此间有甚么歇不得处?"由是心若挂钩之鱼,忽得解脱。(《记游松风亭》)

——何必非上到亭子才能歇?就地休息不也挺好?

想明白这点,苏轼觉得,自己忽然就解脱了。

《西游记》中,最令人感伤的一幕

30

大概许多人都有类似的难过记忆?

小时候看电视剧《西游记》,悟空三打白骨精后,唐僧决意逐悟空,悟空拜别。

悟空临走前,还嘱咐沙僧:"贤弟,你是个好人,却只要留心防着八戒言语,途中更要仔细。倘一时有妖精拿住师父,你就说老孙是他大徒弟。西方毛怪,闻我的手段,不敢伤我师父。"

到临走了,都想以自己的声名,保唐僧周全。

小时候看，只觉得委屈难过。毕竟代入的是悟空，只觉悟空委屈极了，像个没做错事还被家长冤枉了的孩子，就这么被放逐了，真惨。

长大后回想，其实倒还好。

毕竟实际上是唐僧仰赖悟空多些，悟空离了唐僧依然快活。毕竟悟空一生纵横天地，区区这点小事何足挂齿。

而且悟空自己也想得明白了："师父，我也是跟你一场，又蒙菩萨指教，今日半途而废，不曾成得功果，你请坐，受我一拜，我也去得放心。"

毕竟是拿得起放得下的齐天大圣，拜一拜唐僧，叮嘱了沙僧，他尽了情分，也就放心了。

来去潇洒，也就是那迂和尚不识抬举，自己吃苦去吧！活该！

后来脱离了师徒四人主角视角，读来心酸的，反是后面一段。

悟空离开唐僧后，才真获得了短暂的自由。于是望见东洋大海，道："我不走此路者，已五百年矣！"好不惆怅！

但也是离开了唐僧，才有多余的心力，腾云驾雾，看一眼大海。

他回去花果山，只见那山上花草俱无，烟霞尽绝；峰岩倒塌，林树焦枯。

曾经何等瑰丽的一座山啊，全废了，孙悟空悲切。

这时芳草坡前、曼荆凹里响一声，跳出七八只小猴，一拥上前，围住悟空就叩头，高叫道：

"大圣爷爷！今日来家了？"

五百年了。

他们还记得"大圣爷爷"呢。

花果山全盛期有四万七千猴，被二郎神点火烧杀大半，饿死一半，又被打猎的杀了一半。

抓了猴子"拿了去剥皮剔骨，酱煮醋蒸，油煎盐炒，当做下饭食用。或有那遭网的，遇扣的，夹活儿拿去了，教他跳圈做戏，翻筋斗，竖蜻蜓，当街上筛锣擂鼓，无所不为的顽耍"。

到悟空归来时，只有一千多猴子了。

太惨了。

花果山已成废墟，群猴遭遇的厄运，这一部分，是被电视剧淡化了的。

当日洞中只有马流二元帅，奔芭二将军管着。他们带着千余猴子，守着这无花无草的荒山，冒着被猎人杀戮的危险，为了什么？

悟空说："我不走此路者，已五百年矣。"其实死去的、被捉的、被吃掉的、被抓去卖艺的猴子们，也包括还留着的千余猴子，在花果山等大圣归来，也等了五百年了。

站在唐僧师徒视角，很容易觉得师徒四人的悲喜才是悲喜。

但回头看一眼，花果山那些跟着孙猴子翻天覆地、五百年守望他归来的猴子们，才是《西游记》里最痴心却又最可怜的角色吧？

悟空所作所为，大可说俯仰无愧于天地，得罪谁都可以嬉皮笑脸，却着实非自愿地，让这些孩子受苦了。

毕竟西行取经本身就是个走流程的笑话，猴子自己也明白这点。

反是花果山这些猴子的情意，是真实的。

在另一个平行时空里，动画片《大闹天宫》结尾，悟空没被压在五行山下：他赢了，和所有小猴子一起。

这部动画片的主创万籁鸣先生认为，如此结尾，才不失浪漫的光彩。

比起花果山花草俱无烟霞尽绝，猴子们九死一生五百年等大圣归来，大圣终于还是走了遍流程，去当了斗战胜佛，我也觉得，这个满山皆猴喜气洋洋的结局才是最好的结局。

没有五行山，没有五百年，没有跟唐僧磨磨唧唧渡九九八十一劫到处给神仙找宠物。

只有一个闹完天宫后顶天立地、火眼金睛的豪杰，以及爱戴他的猴头们，在花果山扯起"齐天大圣"四字旗，睥睨天地，与天等齐。

智勇双全与可爱不易兼得,但贾探春做到了

31

《红楼梦》的女孩子里,我第一喜欢的是平儿:周全尤二,辅佐凤姐,帮衬姐妹们,尤其对刘姥姥,刻意照顾,却不显施惠之态,真好。

再来,便是探春了。

探春写诗不及钗黛,但诗瘾大,还积极组织活动。

当家主事,一丝不苟,王熙凤都佩服,甚至主动让探春给自己下马威,帮探春立威。想王熙凤自恃聪明,眼光绝高,不甘人下,却对探春赞赏有加,那真是惺惺相惜了。

《红楼梦》后期一出乱戏,所谓搜检大观园。

荣国府大房太太邢夫人是个烦人精,她的心腹陪房,所谓王善保家的,更是如此。当日邢夫人提出园里有绣春囊,嘲讽王夫人家教不严,王善保家的便怂恿:

乘机抄检大观园吧!

这事上,王熙凤极尴尬:她不想参与,但上有王夫人和邢夫人的权威,她总得做个样子。这次搜检,名义上王熙凤领头,实则是王善保家的主导。说是找贼赃,实际上就是搞清洗。

王熙凤挺消极,先警告王善保家:要抄检只抄自己家,薛宝钗屋里是不能去的——人家是亲戚客人嘛。

到了潇湘馆,抄出了些宝玉的东西,王善保家的还得意,王熙凤赶紧周全,说林黛玉和宝玉小时候一处玩耍,有宝玉的旧东西又怎么了?

于是到探春房里了。

下面的剧情简略来说便是:探春从头到尾主动凶,凤姐一直赔笑退让。

探春主动让丫鬟秉烛开门,问了缘故,就冷笑说了句反话:"我们的丫头,自然都是些贼,我就是头一个窝主。既如此,先来搜我的箱柜,他们所有偷了来的都交给我藏着呢。"主动开了箱柜,让凤姐抄阅。

凤姐只好赔笑:"我不过是奉太太的命来,妹妹别错怪我,何必生气!"赶紧关上,不搜了。

探春进一步:搜我的可以,丫鬟的却不让你们搜。"我原比众人歹毒",丫鬟的都在我这儿;你们不依就去回太太,该怎么处置我自己去领受!

之后便是那段著名的"可知这样大族人家,若从外头杀来,一时是杀不死的,这是古人曾说的'百足之虫,死而不僵',必须先从家里自杀自灭起来,才能一败涂地!"于是探春流下泪来。

凤姐不说话了,就看着众媳妇们,意思很明白:都把小姐逼哭了,你们看如何是好吧?跟来的媳妇们尴尬了,说走吧。探春还在反客为主:都搜清楚了?

然后是经典一幕:

王善保家的看不清场面,以为探春认真单恼凤姐,便过去掀探春的衣服,还打算嬉笑着过去。探春抓住机会,立时打了王善保家的一个巴掌,又拉着凤姐,主动要求凤姐搜自己。凤姐和平儿连忙劝着,回头骂了几句王善保家的。王善保家的被骂出门了,在窗外还道委屈,探春的丫鬟待书跟着反唇相讥了,终于凤姐笑了笑：

"好丫头，真是有其主必有其仆。"

说是夸待书，其实在夸探春。

这一回合是探春的大胜利。我小时候初读时，还有点替王熙凤委屈：探春对她这么凶做甚？又不是她乐意搜的。

后来再看看，明白了。

《红楼梦》里说话，不能直勾勾听字面意思。譬如老太君说过"我们这中等人家"，真信了，就是傻了。

大家讲究谦抑，讲道理，占据道德优势。比如贾政要打宝玉，先自己大叫要剃发做和尚去，把家私交出去；太君要救宝玉，也是嚷嚷先打死了我就干净了！

探春当时，主动秉烛开门，已是反客为主的架势，先占了理。

听王熙凤解释了，其实也明白了她的苦衷。

这时如果探春执意不让搜自己的丫鬟，那显然落了下乘。

于是探春继续反客为主：主动开了自己箱柜，说反话自称是贼窝主，又自称歹毒：搜我可以，不许搜检丫鬟。本来王善保家的那几位搜检丫鬟还勉强有理，但搜小姐箱柜，就说不过去了。探春深明此理，所以说："我的丫鬟们我罩了我负责！"

她对王熙凤一路凶，王熙凤也在有意配合。其实二人彼此明白：王熙凤巴不得这事草草收场，探春又不能直接朝王善保家的发火，那是恃强凌弱，道理上屈了，所以探春自然就发挥三小姐的脾气，朝王熙凤去了。

但也就是聪明到她两人这份上的，才能这么打配合。

王善保家的蠢钝，真以为探春单恼凤姐呢。等她对探春动了手，探春得了理，立刻朝她开火：连打带骂，痛快至极。

之前王熙凤还假意配合王善保家的，直到看探春占了理，巴掌也打了，待书也骂了，终于忍不住笑了一句："好丫头，真是有其主必有其仆。"

她也知道，探春那一巴掌、待书那一句骂，是在替自己出气啊。所以夸仆其实是夸主，佩服探春，真正是智勇双全。

这是探春强的一面，但我还喜欢另一面。

刘姥姥进大观园，插科打诨哄老太太开心，其中的酸甜苦辣，众所周知。平儿在事后帮衬着她，贾宝玉从妙玉处要了茶器送给她，都是一片善心。刘姥姥自己也坚强，甚至还能主动给鸳鸯打圆场，让鸳鸯对她改了态度。

很少有人注意到的，是跟着刘姥姥来的板儿。

刘姥姥插科打诨，谈笑风生；板儿却始终很怯，几次提到他"只是怕人","见人多了,又不敢吃"。

刘姥姥进大观园虽然眼花缭乱,到底还应付自如,板儿却是真正迷惘了。

当日大家到了探春房里,出了这个情节:

那板儿略熟了些,便要摘那锤子要击,丫鬟们忙拦住他。他又要佛手吃,探春拣了一个与他说:"玩罢,吃不得的。"

探春的房间是阔朗风格,三间屋子不曾隔断,估计场面不那么压抑。房间里有鼎有盘,有锤有佛手。到这里,板儿终于大胆点了,想要锤子玩,但立刻被丫鬟们阻止了。之前也没人跟他说话,这是第一次有人跟他打交道,大概在贾府丫鬟眼里,板儿也就像个可能会惹事的小猫吧。于是板儿又要佛手吃。作为主人,探春拣了一个给他,还叮嘱一句道:玩吧,吃不得的。

假想你跟着长辈,作为穷亲戚去一个大户人家,长辈跟人插科打诨开玩笑,你怯生生地怕行差踏错,也没人在意你。到了一个漂亮大姐姐房里,终于有点勇气了,想玩什么,就被阻止了。想要个佛手,漂亮大姐姐过来,递给你,还叮嘱你:这个只能玩,不能吃。多年后长大了,懂事了,回想起来这投亲靠友的经历,一定会记得漂亮大姐姐的这句话吧?

探春是才华横溢的刺玫瑰,但在这时,对板儿的这一点温暖，是因为这是她的地盘，还是或多或少，因了探春自己的身世？——庶出的三小姐，虽然才华横溢，上下都说好，但到底被嫡庶之分限着。

她能体念到板儿那点怯生生的孤单无助，大概因为与自己多少有几分同病相怜吧？

虽然穷富殊途，细想来，其实俩人都不容易吧？

板儿这佛手之后和巧姐的柚子交换，定了姻缘。王熙凤大概也想不到，她一直赞美的探春——"好，好，好，好个三姑娘！我说他不错"——是她自己女儿的媒人呢！只是那时候，三小姐也远嫁了。

我若是板儿，多年后娶了巧姐，知道当初无人理会自己时，给自己佛手，还叮嘱自己不能吃的大姐姐，其实还是自己间接的媒人，而她临了也远嫁了，是不是也会百感交集呢？

比起"若是我吃过的，我就砸碎了也不能给他"的，探春递给板儿的那个佛手以及那句叮嘱，实在太可爱了。

当得起一句"傲上而不忍下，恃强而不凌弱"了。

恰如她打王善保家的那个巴掌一样，实在是她人格中最明亮的部分。

当霍去病被封为
冠军侯之时

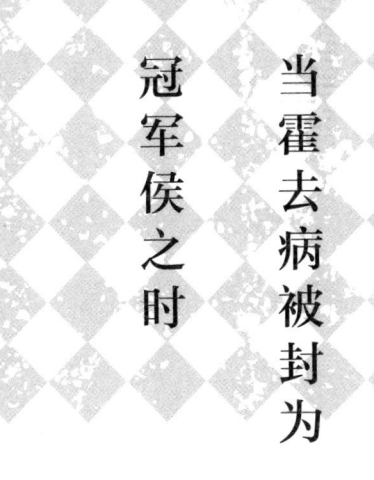

32

"但使龙城飞将在,不教胡马度阴山。"

小时候学这句诗时,老师说飞将是飞将军李广,至于知道后世吕布和单雄信都叫过飞将,是长大后的事了。

年纪稍长,我又知道了另一个说法。

龙城,有可能指卫青:元光五年,卫青车骑将军出上谷,到龙城,斩首虏数百,是为卫青立功之始。

值得一提的是，卫青这次龙城立了功，但另两路大军却不太妙：出代郡的大中大夫公孙敖丢了七千骑；出雁门的卫尉李广被捉住了，逃了回来。

本来都该斩的，最后都许赎为庶人了。

这个细节，很见出汉武的大略。

汉武开拓时期，不计流品，大赏实绩。

公孙敖与赵食其，都有过当斩之罪，都许赎为庶人，之后又起用。

李广曾经为了私怨，斩了霸陵尉，汉武也因为正处用人之际，没有追究。

用人之际，有罪过的，就睁一只眼闭一只眼，算了。

反过来，有功的就要赏，而且赏得及时，赏得华丽，赏得热热闹闹。

卫青出身并不算显赫，但战绩好看。元朔五年以车骑将军出塞有功，使者直接到边塞，当场拜卫青为大将军，立号而归，这是何等荣耀，连卫青襁褓中的儿子都一起受封。

卫青出了名的谦谦，拼命推辞，归功于下属。汉武说自己没忘其他校尉的功劳啊！这就是既给了卫青面子，又给了诸将荣耀。方方面面，都照顾到了。

其中，护军都尉公孙敖千五百户封为合骑侯。《史记索隐》明说了：合骑不是地名，是以战功为号。

那时封侯，基本是按封地名字起的。比如张良是在留地与刘邦相遇的，请封留地，为留侯。刘邦经过曲逆，觉得地方壮阔，封给陈平做曲逆侯。

如果想给你封个特别的名号，也可以先给你封个侯，然后拿着现成侯号，把地方划给你。

比如，刘邦年少时呼朋唤友到家，嫂子嫌弃，敲锅说没羹了。刘邦记仇，开国后不肯封嫂子的儿子。他爹劝他，刘邦才封了嫂子之子刘信，做"羹颉侯"，有嘲讽的意思，很难听。当然没有现成的地名叫羹颉啦，于是划了两个县做羹颉侯国。

想公孙敖曾经有罪该斩，赎为庶人；如今有功，卫青替他说话，当了合骑侯。则他心中对汉武与卫青的感佩，可想而知。

汉武封赏之妙，也在于此。

题外话，后来的受降城，也是公孙敖修筑的。

这类功名荣耀，最著名的，自然还是霍去病。

之后霍去病以剽姚校尉出战凯旋，于是汉武再封霍去病为冠军侯。

妙在，不止霍去病一个：

赵破奴跟随霍去病有战功，于是封了从骠侯。高不识则是宜冠侯。

从骠，从剽姚校尉。宜冠，冠军侯的冠。

我若是赵破奴和高不识，得了封侯，心里也美滋滋。听了这侯号，既觉得荣耀，对剽姚校尉冠军侯霍去病，也更死心塌地了。

当时这一系列侯号，也算是汉武出塞雄心的体现吧。

民间最有名的，大概是张骞被汉武帝封了博望侯，颜师古认为，那是取广博瞻望的意思。

这封地名字后来沿着，成了东汉的博望县。

刘备博望战夏侯惇，甚至《三国演义》里博望破军师初用兵、火烧博望坡的博望，最初就是汉武帝这个"广博瞻望"。

当然，说到荣耀，还是得说回前面的公孙敖。

给公孙敖封合骑侯那一段，后面还有一串封赏，《史记》里这么写：

校尉李朔，校尉赵不虞，校尉公孙戎奴，各三从大将军获王，以千三百户封朔为涉轵侯，以千三百户封不虞为随成侯，以千三百户封戎奴为从平侯。

卫青是长平侯，所以公孙戎奴这个从平侯，也很有意思。

同样这一件事,《汉书》里说:

校尉李朔、赵不虞、公孙戎奴各三从大将军获王,封朔为涉轵侯、不虞为随成侯、戎奴为从平侯。

一眼看去,《汉书》比较简洁,《史记》有点重复。

但宋朝洪迈认为,《史记》这样叙述,显得朴赡可喜。

我觉得,论叙事,《汉书》这里一目了然不啰唆。

但若论对军功表彰之真诚堂皇,还是不如《史记》的一清二白来得昂扬壮阔。

但凡是军功荣衔,那就一丝不苟,不打折扣。冠军、合骑、从骠、宜冠、从平——战功都镌刻在侯号里。

汉家荣光,千秋浩荡,务必要细到字句,一并体现。

当林黛玉的才华遭遇命题作文

33

《红楼梦》里,林黛玉与薛宝钗的诗都好,但属不同好法。
借后来大家写诗时的评点说法:
林黛玉的诗是风流别致,薛宝钗的诗是含蓄浑厚。

又气质上,林黛玉有情性,虽然讽刺起人来也刻薄——我至今仍对"母蝗虫"这个说法耿耿于怀——但才情确实清隽天然。
贾宝玉喜欢天然的东西,所以每次评诗,都大夸黛玉。

探春诗瘾大,但写得不如宝黛。当然,香菱瘾更大,那是后话。

诗的好坏,最一目了然的判定方式,还是得比。
所以书中也给了一个比较的舞台:省亲。
大家都写命题作文,来,试试看。
先上场的,当然是比较菜的。

迎春的:
> 园成景备特精奇,奉命羞题额旷怡。
> 谁信世间有此境,游来宁不畅神思?

前两句纯套话,不提。
后两句这种"谁信世上有这么好的景致啊,游下来不开心吗?"真像是春游后命题作文的样子了。
这就是典型垫底的。

探春的:
> 名园筑出势巍巍,奉命何惭学浅微。
> 精妙一时言不出,果然万物生光辉。

书里也写明白了,探春自知不如宝钗黛玉,所以这也是写来塞责的。

前两句也是套路，后两句明显读得出敷衍：
哎呀真好！我都说不出啥啦！
批卷老师：你不如直接交白卷！！

惜春的：
　　　　　山水横拖千里外，楼台高起五云中。
　　　　　园修日月光辉里，景夺文章造化功。

这比探春用心点儿，四句都还特意对仗了，对得不是不工整，但也是片汤话。
接下来，比迎春惜春高一阶了。

李纨的：
　　　　　秀水明山抱复回，风流文采胜蓬莱。
　　　　　绿裁歌扇迷芳草，红衬湘裙舞落梅。
　　　　　珠玉自应传盛世，神仙何幸下瑶台。
　　　　　名园一自邀游赏，未许凡人到此来。

首联挺好的，颔联就有强行凑对的嫌疑。红对绿，歌扇对湘裙，芳草对落梅。看着词句不错，但好像搁哪儿都可以。
颈联富贵气象，也是为了凑元妃的现成话。

尾联也合了上面神仙的话,隔开了凡人。姿态挺尊崇。

这首比迎春惜春的好些,但细看确实有点硬凑,当然还是合格了。

陪衬组的列完了,薛宝钗来了:

> 芳园筑向帝城西,华日祥云笼罩奇。
> 高柳喜迁莺出谷,修篁时待凤来仪。
> 文风已著宸游夕,孝化应隆归省时。
> 睿藻仙才盈彩笔,自惭何敢再为辞。

首联就还好。

颔联那是相当出色,尤其"修篁时待凤来仪",套用"有凤来仪",非常棒。这就比李纨芳草落梅要华贵又恰当了。

题外话,薛宝钗浑厚蕴藉,所以她写七律,颔联和颈联的气象格局一向夺目。后来写螃蟹,"皮里阳秋空黑黄"也是。

下面就很稳了,文风孝化这种词,也很合元妃身份。

全诗稳重又漂亮。

大概薛宝钗写这个,也没想多彰显才华,没什么夺眼的字句,但很稳,有种"领导来了,随便写写吧"的感觉。作为颂圣来讲,既华贵又端正,是挑不出扣分点的应试作文。

好,到林黛玉了:

> 名园筑何处，仙境别红尘。
> 借得山川秀，添来景物新。
> 香融金谷酒，花媚玉堂人。
> 何幸邀恩宠，宫车过往频。

首联就直接境界超逸，别红尘了。

颔联颈联，工整又不俗气，不像李纨珠玉神仙，而是山川花香，金谷酒用的典故也算恰当。

临尾一句，是应试作文必须有的套路，但还特别带了点画面感。

且，比之前大家集体七言不同，林黛玉这首是五言。

七言相对更看结构气象，五言相对更看天然情性。

原文还说了，林黛玉是"胡乱作一首五律应景罢了"，这都能被元春挑出来，单独说好。当然，元妃夸薛林，也不失客气的因素在，但确实是好。

这就是林黛玉写诗了，整个气象风骨，都与姐妹们不同。

但没完呢。

贾宝玉来写了三首：

> 秀玉初成实，堪宜待凤凰。
> 竿竿青欲滴，个个绿生凉。

> 迸砌妨阶水,穿帘碍鼎香。
> 莫摇清碎影,好梦昼初长。

首联挺稳,颔联还好,颈联颇有巧思,尾联就还好。

> 蘅芜满净苑,萝薜助芬芳。
> 软衬三春草,柔拖一缕香。
> 轻烟迷曲径,冷翠滴回廊。
> 谁谓池塘曲,谢家幽梦长。

这首感官上很出色,芬芳、软草柔香、轻烟冷翠,都不错;包括"助""滴""拖"这几个字,都有意思。

> 深庭长日静,两两出婵娟。
> 绿蜡春犹卷,红妆夜未眠。
> 凭栏垂绛袖,倚石护青烟。
> 对立东风里,主人应解怜。

绿蜡那句是薛宝钗教的,不提;颈联尾联意思流畅又工整,整首都不错。

这里三首,已经算是显贾宝玉的才华了。

描摹情境,颇有画意,对得工整,用字亮眼。

所以元春也感叹"进益了"。

但也有缺点：这三首都不像应试作文诗。看看上面大家写的，不管好坏，都得有点喜气洋洋的架势，就贾宝玉自己：绿竹冷翠、东风解怜，色彩是好了，少了点雍容华贵气象。

类似于老师让你写一篇过年小作文，你写了很好看的景物描述，好是好，但过年应有的热闹劲儿呢？

到了最后一首，是林黛玉替贾宝玉写的了：

　　杏帘招客饮，在望有山庄。
　　菱荇鹅儿水，桑榆燕子梁。
　　一畦春韭熟，十里稻花香。
　　盛世无饥馁，何须耕织忙。

一开始是"杏帘在望"拆分凑句，但看不出凑的意思，一笔之间，田园风情出来了。

颔联句法极好，我觉得是当晚所有诗里，最独特的一联了。十个字，一幅画都出来了。

颈联工整，而且暗合杜甫"夜雨剪春韭，新炊间黄粱"之美。

尾联看似歌颂丰熟，实是颂圣的格局。

这里妙在还有个细节：

之前贾宝玉曾说稻香村"此处置一田庄,分明见得人力穿凿扭捏而成",林黛玉这里轻柔的一句"何须耕织忙",似有遥遥相对之意?

比起贾宝玉三首偏静态与色彩描摹的,黛玉这首淡雅明丽,充满田园风情,而且有动态,看了让人愉快又平静。

林黛玉后来曾劝香菱先读王维五言,看她这里两首五言,气象天然,也的确是好。

元春也是识货的,直言林黛玉最后这首,写得最好。

对比上面,迎春惜春平平无奇,应试作文写不来。

李纨为了工整凑对句,凑的意思很明白。

贾宝玉色彩明丽但多少还看得出炼字的意思,且文不太对题。

林黛玉的诗,就的确清隽天然,看着全不用力,不事雕琢(薛宝钗的也是),却又浑然天成,而且还合于规范,确实是超出一截的好。

应试作文,也是看得出才华高低的嘛。

当然,最后看来,最厉害的还是曹雪芹。

黛玉和宝钗的诗不同好法,得分别显出来;而迎春和惜春不那么好的一面,他还得尽量学得像。

写好容易，写差也不难。

但要写得半好不好，尬得恰到好处，那就不太容易了。

武松的黑化之路:
愤怒奔流之前,最后一次试图融入社会

34

话说,《水浒传》写到晁盖们上梁山、宋江杀惜跑路,已经进入了浩浩汤汤、万川归海的主线。

然后带出了武松篇。

武松篇之后,又是宋江篇,就是招纳各路好汉一起上梁山了。

本来很流畅的宋江篇,为什么要镇上一个武松呢?

金圣叹认为,梁山好汉里,武松绝伦超群:

具有鲁达之阔,林冲之毒,杨志之正,柴进之良,阮七之快,李逵之真,吴用之捷,花荣之雅,卢俊义之大,石秀之警者也。断曰第一人,不亦宜乎?

武松很全面,故事情节,也最复杂。

《水浒传》的故事结构,有纵横。
纵是万川归海,最后都上梁山。
横是一个人接一个人的小传,一个好汉接一个好汉的愤怒。
颇有点像《海贼王》,纵线是去找宝藏,横线是阿龙、空岛、打老沙、凑乔巴、七水之都、司法岛、恶魔船……

横的流程,还有个特色:
一个带一个。写完一个人,带下一个人。

鲁智深打抱不平杀了人,跑路,一开始想融入五台山,未遂,最后闹大了,吃狗肉打和尚;再走,带出林冲。
林冲一开始处处求周全,到火烧草料场大怒杀了陆谦,雪夜上梁山。带出了杨志。

杨志一开始小心翼翼卖刀,被牛二折腾都忍着气,最后一时性起,先一刀戳牛二的脖子,再赶上去对牛二胸脯两刀。第一刀还是生气,之后就是泄愤了。后来杨志在梁中书手下还算老实,想谋个前程,丢了生辰纲后,第一件事就是去酒店蹭吃蹭喝，带出了晁盖等。晁盖等智取生辰纲，带出梁山，带出宋江。

宋江开始很能忍，还好声好气拼命求阎婆惜。等阎婆惜喊出"黑三郎杀人也！"宋江一肚气没出处，按住阎婆惜，一刀割喉，二刀断首。跑路，带出武松。

大概是，此前一个个人物小传，由王进带史进带鲁达带林冲带杨志，是描述好汉们的憋屈到爆发。

主线带出了晁盖宋江，这是好戏要开始了。

《水浒传》支配故事前半段人物动机的，是忍耐与气性。

一百二十回回目中，"大闹"八次，"火烧"五次，"醉打"三次。

其他，怒杀、单打、双夺、并火、不忿、棒打、拳打、血溅、夜闹……基本集中在前半部分。

整本书的大小故事，贯穿着一个主题：

好汉们"忍耐以求符合社会规则、终于发现无法被社会接受，不忿暴躁发泄，开始反社会"。

武松之后的剧情，又是宋江一路带出各镇好汉。即，武松之后，就是完全大河奔流的主线了，没几个个人传了。

《水浒传》有个结构技法，叫作"横云断山法"，每当快要讲到大段情节了，忽然停顿一下，换个节奏。

比如林冲在李小二处，听说陆谦要杀他，大怒，到处去找，没找到，话题忽然转到了草料场，再一转，才到风雪山神庙。

大概从晁盖上梁山到宋江杀惜，故事要加速了，之后就是众虎归梁山，梁山不停打这个打那个了。

在此之前，镇着一个武松十回。

从结构上来说，这也是进入正戏之前，最后一段大铺陈。后来还有诸如石秀杨雄的故事，但那是小场面了。

想象一下，没有武松的话，宋江杀惜之后，就是一路清风寨、闹青州、被发配、闹江州……就变成宋江传了。

有点单一无聊吧？少了此前故事的回旋转折之妙。

所以这段故事，是大河奔流之前的镇山之石。

说回武松这段故事本身的妙处。

《水浒传》的主题，是好汉们如何试图顺应社会规则，终于不行，于是爆发。

鲁达也想做和尚，做不成，大闹。

林冲也想做好教头，做不成，雪夜上梁山。

杨志就想卖把刀，卖不成，杀人。

武松出场时已是逃犯。之后回乡，打了老虎，当了都头，是个完美的浪子回头典范。也找到兄长,也有了家庭。皆是喜事。

我们亲眼看着武松的幸福生活是如何建立起来的。

然后又看着这段生活如何被粉碎。

武松大怒,杀嫂,被二次放逐。

在孟州,武松又一次试图融入社会。张都监甚至还一副要许亲的样子,然后坑害了他。

这是武松第二次试图融入社会未遂了,终于决定一不做二不休。从此做了行者。

比起鲁达的直接大闹,林冲的漫长隐忍,杨志是被坑了才上二龙山,武松的曲线起伏最明显:被放逐,回归社会,遭遇坑害,爆发,被放逐,再次试图回归社会,再次遭遇坑害,爆发,成为行者。

武松的两次爆发,是不同的。

当日要为兄长报仇,拿刀子威胁何九叔,问出了根由。听郓哥说愿意去作证,只是怕无法赡养老爹,还夸了一声郓哥,给了他些钱。带了何九叔与郓哥两位人证,前去报案。县官不受理,武松才动手,先斩后奏。

请街坊四邻来喝酒,士兵守住前后门,抽刀子逼问,冤有头债有主，口供画押都齐了，杀了潘金莲，再让士兵守门不许放任何人走，自己赶去杀了西门庆，自首。

须臾间连杀两条人命，一点理智都没丢。

狠辣但理智，明确且果决。

武松恨潘金莲和西门庆，不只在杀了自己哥哥。本来之前他自己有公职，有家庭，过着正常的社会人生活，一切都很完美，结果硬生生给毁了。所以，非杀不可。

武松是英雄，却也是个心思缜密的狠人。虽未到石秀那么狠辣，但为达目的，从来是事前细密周至、事中不惜代价，直到任务完成。

但他依然没对社会绝望，他相信冤有头债有主。杀人，但口供证据都齐活，之后也接受了充军发配，没有半途流亡。

武松并没想完全反社会。他对抗了社会，也负担起自己一部分责任了。

本来他在孟州，试图重新融入社会。施恩对他很好，后来张都监也对他还不错，甚至还假意要给他娶亲。

当日武松好比去了大名府的杨志，本以为又可以融入社会了，结果被坑了，被栽赃了，还差点死在飞云浦。

让武松绝望的，不只是被张都监坑，还在于张都监坑他时指着他那句"贼配军"。这个身份压在他身上一辈子，让他一世被人看不起。

大闹飞云浦后,有一个细节写得非常好:武松提着朴刀踌躇了半晌,一个念头,竟奔回孟州城里来。

武松是考虑周全,杀气腾腾,翻身回来了。
"不杀得张都监、张团练、蒋门神,如何出得这口恨气!"
是所谓一不做,二不休。

武松是狠人。既然决定要反社会,要杀张都监们,就不会允许任何人阻碍他的计划了。这时他的做派是否符合社会规范?管不了那么多了。

他到鸳鸯楼前一路杀,其实与他在阳谷县让士兵们把住门一个道理:封锁消息。沿路杀丫鬟,杀下人,是他当时为了杀张都监能做的最优选择,与他一贯心狠手辣的作风符合。

武松杀张都监他们之前,刻意匿踪,仿佛刺客,见人杀人,免得走漏风声。杀完之后,墙上写了"杀人者打虎武松也"。这就类似于他杀完西门庆与潘金莲后自首。

他的做事风格,从来就是如此的:事前隐匿消息确保完成,事后敢作敢当。

武松当行者前,虽然硬气,但不太撒泼。

但这个杀戒一开后,无可救赎了,从此便入了杀人之途。

武松自己也说了句:"一不做,二不休!杀了一百个也只一死！"

血溅鸳鸯楼后，当行者，上蜈蚣岭杀王道人，到孔明孔亮地界抢酒抢肉还打狗。他已经不再是当初那个讲口供、认证据的自己了。

鸳鸯楼前，武松受了天大的委屈。他曾最后一次想与主流社会讲和，也投注了信任，结果被坑了。就像林冲发现自己被陆谦坑了似的，最后一根稻草，压垮了。

理解了鸳鸯楼前武松的做派，就理解了林冲剖心杀陆谦后抢酒，理解了杨志刺倒牛二后又补了两刀，理解了宋江一刀砍了阎婆惜后追加的第二刀。

并不是说武松当杀人魔是对的，但按照他先前的经历，这么做是符合他人设的。

经历过鲁达林冲杨志之后，所有的读者大概也觉得，晁盖上山、宋江跑路，似乎与之前的逻辑是相合的。再横一个武松这样的超长个人传，让大家最后看一次融入社会失败的经历。

武松身上凝聚了多个好汉的特色，他的起伏又最曲折多变。他的故事如此详细，我们看得见一个人如何两次试图融入社会，两次失败了。

所以，经过武松这一波之后，读者的情绪也到了高峰。

这时再进入之后宋江一路哄人上山，也就默认了这些人的命运："反正都这样了，上山吧！"

这是大河奔流之前，最后一段曲折的山路。

最后的回头、幸福、破灭、愤怒、失望；试图回归、破灭、愤怒、极致失望。

自此而后，世道不昌，要做撒泼魔王，也显得顺理成章。

赤壁之战,每一点璀璨的火焰

35

赤壁之战，是为《三国演义》小说中，最铺张华丽的戏份。

一百二十回小说，描述了近百年的事。而赤壁一战，从第四十四回一直打到第五十回，独占七回。若将前哨战到后续一并算进去，则从第三十四回刘备马跃檀溪，到第五十七回周瑜逝世卧龙吊丧，足足二十四回，都在描述赤壁之战。

所以老版《三国演义》电视剧，赤壁之战段落独占五分之一，确非虚置。

且说，多少风流人物，在公元208年秋天到冬天这四个月间，经历了人生传奇时刻。

仅《三国演义》里，就有：
刘备携民渡江，赵云长坂突围，张飞横断长坂桥独退曹兵。
诸葛亮渡江舌战群儒，周瑜定计，孙权决策挥剑斩案，决意对抗曹操。
群英会周瑜戏蒋干，诸葛亮草船借箭，黄盖献苦肉计，阚泽过江说曹操，庞统献连环，曹操横槊赋诗吟出《短歌行》。
诸葛亮借东风，终于周瑜火烧赤壁成功，曹操奔走华容道，关云长义释曹操。
每一个段落，都是传奇故事，耳熟能详。

当然了，这里头有些是虚构的，比如草船借箭借东风献连环华容道，那显然是罗贯中试图为卧龙凤雏和关云长加点戏。
有些人是被丑化的，比如历史上蒋干说周瑜，是赤壁之战后的事了，且从头到尾，蒋干没跌份儿，保持着风度，也没有坑自家的蔡瑁张允。

但的确不妨说：
在这个激荡的舞台上，沧海横流，方显英雄本色。
比如，刘备之仁。

看《三国演义》多的,都会说刘备是哭出来的天下。然而《三国志·先主传》里,只有一处描写他哭泣,就是携民渡江之前,告别刘表:

乃驻马呼琮,琮惧不能起。琮左右及荆州人多归先主。(《典略》曰:备过辞表墓,遂涕泣而去。)比到当阳,众十余万,辎重数千两,日行十余里,别遣关羽乘船数百艘,使会江陵。

前因后果:曹操南征,刘表已死,刘琮要投降;刘备去找刘琮,刘琮不见他,刘琮手下许多人跟刘备而去;刘备哭着辞别了刘表坟墓,走了;到当阳,十余万人跟着他走,日行十来里。

这就是所谓携民渡江。

刘备在刘表麾下数年,刘表对他不算坏,但也不算好。他不欠刘琮什么,诸葛亮先前劝他直接打刘琮夺荆州,刘备说:"不忍心。"
生死之际,还是没对刘琮下手。还去辞别刘表墓,流了眼泪。
荆州即将归属曹操,十余万人愿意背井离乡跟刘备走。古代人安土重迁,为什么肯跟刘备走?因为他仁义。
刘备回馈了这份仁义:他跟着大家一起走,日行十余里。
即便曹操在背后追杀他。

这就是仁。
善良,敦厚,质朴的心。

当日刘备不袭荆州,是放弃了最好的求生之路。

他带着百姓慢慢走,是自己跌进了大危险。

他最好的方略,其实是急行到江陵自保,但他却说:"夫济大事必以人为本,今人归吾,吾何忍弃去!"

后来习凿齿评论说:"先主虽颠沛险难而信义愈明,势逼事危而言不失道。"

大概,生死之际时是个君子,那就是真君子,不是伪君子了。

再比如,张飞之勇。

《三国演义》里,张飞据守长坂桥,派骑兵扬尘虚兵让曹操以为有埋伏,加上八年前关羽在白马对曹操念叨过:我弟弟张飞可厉害了,"百万军中取上将首级如探囊取物!"加上张飞嗓门大,吓死了夏侯杰,曹操才厌了。

正史并非如此。

正史中,刘备带百姓缓缓南走,曹操派部下五千精兵日夜疾行三百里追上,击溃刘备军。

张飞带二十骑断后,据水断桥,杖矛一喝:"身是张益德也,可来共决死!"

《三国志》如此记载:"敌皆无敢近者。"

须知张飞面对的,不是普通士兵,是虎豹骑,三国当时最精锐的部队。当时虎豹骑老大还是曹纯,所谓:"纯所督虎豹骑,皆天下骁锐,或从百人将补之。"虎豹骑随便普通一兵,都可抵别处的百人将。

三年前,围南皮,急攻之,曹纯麾下骑斩袁谭首。

一年前,曹操北征乌桓,曹纯率领虎豹骑,斩了单于蹋顿的首级。

虎豹骑是闪电般的斩首部队。他们已经击败了刘备军,前方就是刘备。捉住了就是不世大功。

虎豹骑英勇,才不会相信什么穷寇莫追,何以看见张飞据水断桥,就不敢追了?

万人敌的称号是个威名,而威名,得靠实在的成绩堆积起来才有人信。上阵打仗的爷们,都是刀头舐血过来的,没有实打实的战绩,谁理会你?

显然,当时,虎豹骑因为某些因素(张飞在当阳的表现,或张飞此前的名声),一时都厌了。

从一个侧面,可见张飞万人敌的声名,真是了得。

我们也知道,在当阳之战,赵云救了阿斗与甘夫人。所以后来《三国志》说黄忠与赵云,是灌滕之勇。

灌是灌婴,刘邦麾下的骑将,追杀过项羽。滕是滕公夏侯婴,夏侯惇的祖宗,给刘邦驾车的太仆。彭城之战和白登之围,他都救了刘邦,还救了后来的皇帝刘盈及鲁元公主。

功莫大于救驾,即是如此了。

然后,就是诸葛亮说孙权了。

历史上,诸葛亮并没有草船借箭和借东风。但他出使劝孙权那段,却是三国中举足轻重的时刻。

此前的《隆中对》时,刘备有志向但没想法,诸葛亮跟他提了:先取荆州,再取西川。您要走的是霸业路线,而不是客将。

就在刘备当阳败北时,诸葛亮跟他提出要求,去和孙权结盟,共击曹操。

诸葛亮渡江与孙权结盟,大夸刘备手下还有两万以上的人力,要求孙权与刘备"协规同力"。之后就是赤壁一战成功。

很少有人思考过:如果诸葛亮不在,刘备会怎样?

依照刘备一贯的做派,他很可能直接依附了孙权,成为孙权的客将,一如此前,他依附刘表、袁绍、曹操一样。而诸葛亮,一直在给刘备争取自己的一方独立领土。

事实上,也争取到了。

诸葛亮说孙权那段,则是深通孙权的心理,用了激将法。这其实很危险。

因为曹操此前十年，从43岁到53岁这些年，从控制山东河南的部分，到平定整个北方，纵横天下无敌手。

曹操一路平北方，是靠着袁绍几个儿子内讧；后来南下平荆州，是刘琮请降。他对小一辈，不太看重。所以给江对面的孙权的书信傲慢得很：奉诏书讨伐，刘琮已经降了；如今带水军八十万，方与将军会猎于吴。

老气横秋。

虽然刘备这年47岁，已经老了，但坚韧不拔，以弱克强。

与此同时，诸葛亮28岁，周瑜34岁，孙权26岁——那是年轻人的血气，预备对抗53岁的曹操了。

我们知道结局，不觉得做这决定有多难。但当时孙权没有上帝视角，全凭了年轻人血气，就是和曹操生扛。

孙权说："老贼欲废汉自立很久啦，就是忌惮袁术袁绍、吕布、刘表和我。如今这些都灭了，就我活着，我与老贼势不两立。"

前面这段话，仔细想来很可怕：曹操忌惮的群雄已死了，就剩下孙权一个了。一般人的逻辑是，"大家都完了，那我也活不下去吧？不如降了吧！"孙权却决然奋起："势不两立！"

然后就是赤壁之战了。

周瑜在赤壁击败曹操,这件事太有名,不再多提了。妙的是下面这两件事。

赤壁之后,曹操写信给孙权说:赤壁之战,我们军队有瘟疫,我是自己烧了船撤退的,"横使周瑜虚获此名"。

曹操这段话很傲娇,但透出一个细节:周瑜当时赢了曹操,名气极大,大到曹操要用言辞来给自己找面子了。

后来刘备娶了孙权的妹妹做夫人。孙权坐飞云大船,跟张昭、秦松、鲁肃等十几个人送刘备。孙权单独跟刘备说话时,刘备说:"公瑾文武筹略,万人之英,顾其器量广大,恐不久为人臣耳。"——周瑜文武全才,万中无一啊。看他器量这么大,估计当臣子当不久了吧?

能让曹操刘备这两位大人物忌惮,跟孙权私下念叨周瑜,这就是当时周瑜的分量了。

当然我们也知道,赤壁战后两年,周瑜36岁,英年早逝。由此才显出赤壁那一战的火焰,恰如周瑜的人生,如流星般璀璨明亮。

逝者如斯,历史总是如此。

设若赤壁赢的是曹操,则史书上,刘备不过是一个47岁终于被灭掉的普通军阀,孙权是个26岁举国被端的少年诸侯,周瑜是个34岁不自量力的狂傲将军,诸葛亮是个28岁刚脱离躬耕生活一年多的地方谋士。

在赤壁这样宏大的背景下,他们本来都是小人物。

但他们改变了历史,然后各自腾飞。

赤壁之后十三年,刘备称帝,诸葛亮为丞相;赤壁之后二十一年,孙权称帝。鼎足三分。

于是赤壁之战,成了他们帝王生涯的注脚与前因。

所以,赤壁才是真正意义上的小人物改变历史。只是因为他们后来成了大人物,我们不一定从这个角度看罢了。

坚韧、勇敢、智慧与年轻的血性,对抗叱咤天地、经验丰富的老辣强者。

星星之火可以燎原,可以将长江点燃,让历史的风向划向另一边。

再小的个体,都是可以改变历史的。

这就是赤壁。

酒越喝越暖，
水却越喝越寒

36

王家卫的电影《东邪西毒》里,梁家辉去找梁朝伟求和,劝他喝杯酒。

梁朝伟回绝了,说他只喝水,道一句:"酒越喝越暖,水却越喝越寒。"

一句话,情义就断了。

暖酒寒水,就是这区别。

东方的热酒,到晚来喝,别有情趣。古龙《陆小凤》第一部里，陆小凤找到霍休时，霍休正坐在地上，用一只破锡壶在红泥小火炉上温酒，空气里满是醇厚的酒香。

红泥小火炉的火并不大，却恰好能使得这阴森寒冷的山窟，变得温暖起来。

这一段很明白，就是借了白居易所谓"绿蚁新醅酒，红泥小火炉。晚来天欲雪，能饮一杯无"。

古龙真是懂酒。

《红楼梦》里面，贾宝玉去薛姨妈的梨香院做客，薛姨妈请他喝酒，吃糟的鸭掌。曹雪芹自己就爱吃南酒烧鸭，一看就是在南京养出的食肠。

黄酒温软甜，蜜水一般，所以贾宝玉这样的小孩也能喝。但薛姨妈和薛宝钗先后劝他，要热了喝，不然对身体不好。林黛玉听了捻酸，借手炉的话儿敲打："那里就冷死了我！"

不过我们那里喝黄酒，还真在乎冷热。像余华是浙江人，小说里常出现三鲜面和黄酒。《许三观卖血记》里，卖完血了，仪式性地犒劳自己，去吃炒猪肝，有句经典台词："黄酒温一温。"我们那里老一辈喝酒，常是一边吸螺蛳，一边跟朋友吹牛，空出嘴来就跟婆娘说一声："黄酒放进铫子里，再去热一热！"许三观要温黄酒，未必是多喜欢喝，只是要显得很在行。

酒的冷热，还能派别的用处。比如关云长温酒斩华雄，温酒作为时间计量,比"战不三合"之类,风雅得多了。

我一直觉得曹操对关羽的爱,由此开始。

我们那里过年时,惯例要做酒酿圆子吃。

亲戚们冲风冒雪而来,先一碗酒酿圆子递手里,暖手;再吃一口下去,暖心。其实酒酿圆子小巧,也不顶饱,真正关键的是加热的甜酒酿加姜丝,几口下去,脸红心跳,额头见汗,寒气尽褪。如果是个冷汤丸子,吃都没胃口。

日本北海道有类似的玩法,叫作三平汤。据说传统做法是米酒、砂糖加一点盐,用来炖大块鲑鱼,加诸般其他食材。据说最初是有地方失火,乡亲们救火罢了,露天里觉出冷来,就在废墟里找出剩下的食材,因陋就简做出一锅汤。大家分了,肚中温暖,身上出汗,心情也就好了。

酒的冷暖,真可见人心呢。

说到葡萄酒,有些喜欢搞仪式的,都一副得把红酒供起来的架势,其实没那么复杂。在欧洲,葡萄酒也是可以兑的。大概古罗马时,就有兑香料酒的玩法。《权力的游戏》里,黑衣军熊老爱喝口热香料酒,也正常。英国人最晚到 14 世纪,也已经把肉桂、姜、胡椒往热酒里放了。

每年冬天,阿尔卑斯山脚下的各处滑雪场,满街卖热红酒。

葡萄酒艳红一杯，配方不一：柠檬、姜、胡椒、蜂蜜、橙汁，花样多了去了。希腊人还真相信胡椒热红酒可以治感冒呢。

冷酒和热酒的选择，特别能看出一个人的心情。

林冲风雪山神庙，吃的是冷牛肉，喝的是冷酒。

陆谦们烧了草料场，林冲起了杀心，杀人报仇，风雪夜走，一口气出了，从此不憋了。跑到一处庄上求避雪，看见火上煨着一瓮酒，有酒香，于是按捺不住，撒泼打人，抢了酒来喝，还醉倒了。

此前他的一生，委曲求全，低声下气，风雪漫天，心是冷的，喝冷酒。外头一把大火烧了草料场，杀了人，横了心，从此上了不归路。于是撒泼，专门抢来了热酒喝。

一葫芦委屈冷酒，一大瓮撒泼热酒。冷酒热酒的分别，就在这里了。

浮世绘晚期大宗匠歌川国芳，未成名前，除了画画，还兼营修榻榻米。

没人叫他修榻榻米时，他就画一整天。

黄昏时出门买酒，挂在油灯旁，继续画，到天色已黑，油灯半枯，酒被油灯温好了，一天工作便结束，于是饮热酒，拍桌子。

窗外猫闻见酒味，一起云集，喵声不绝。

后来国芳模仿同门歌川广重的《东海道五十三次》风景图，画过《五十三猫》。

  想想也是:
  冬天,酒热起来的过程里慢慢工作。
  工作完了,抱猫,热酒。

  世上还有比这更幸福的事吗?

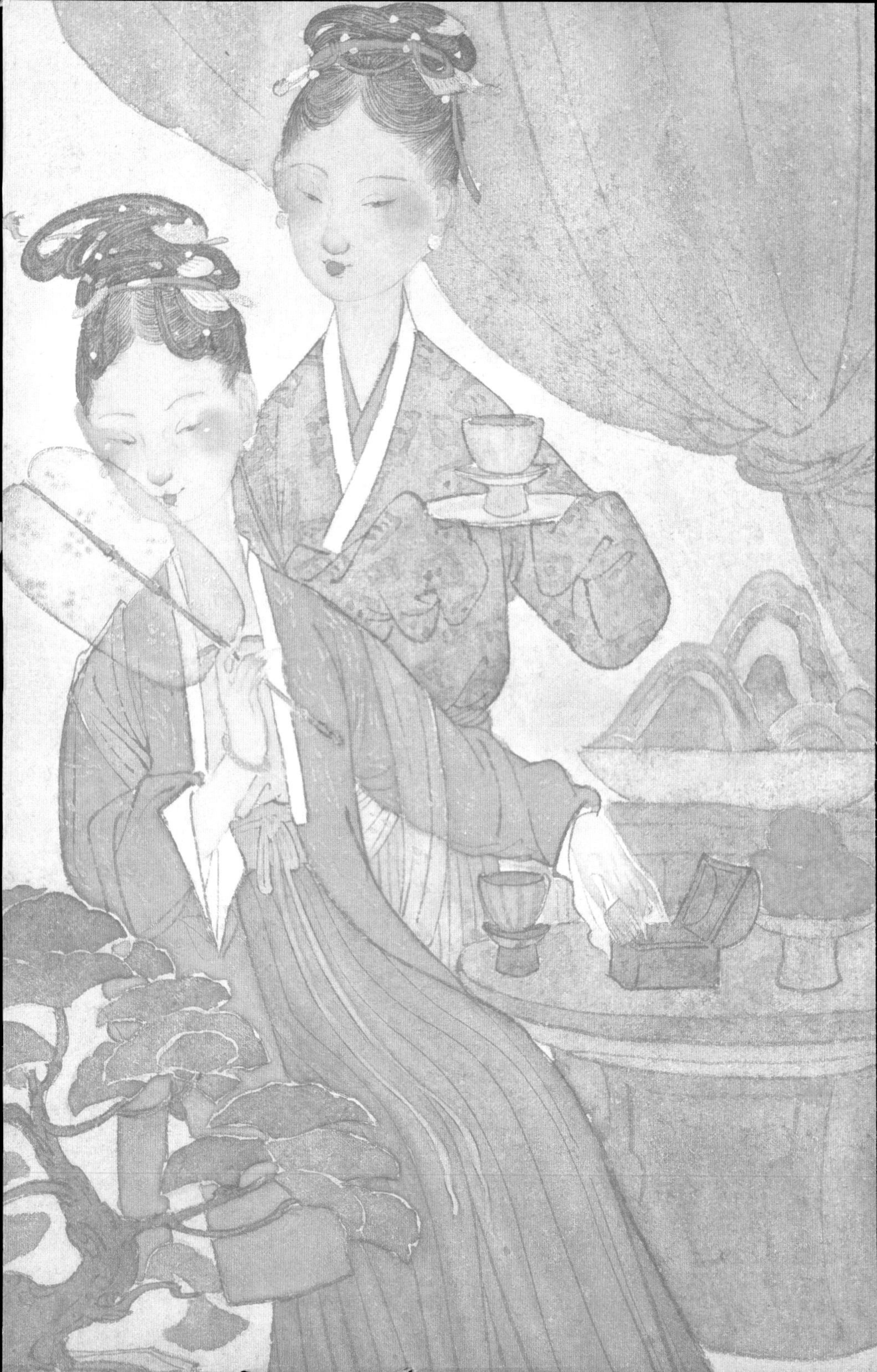

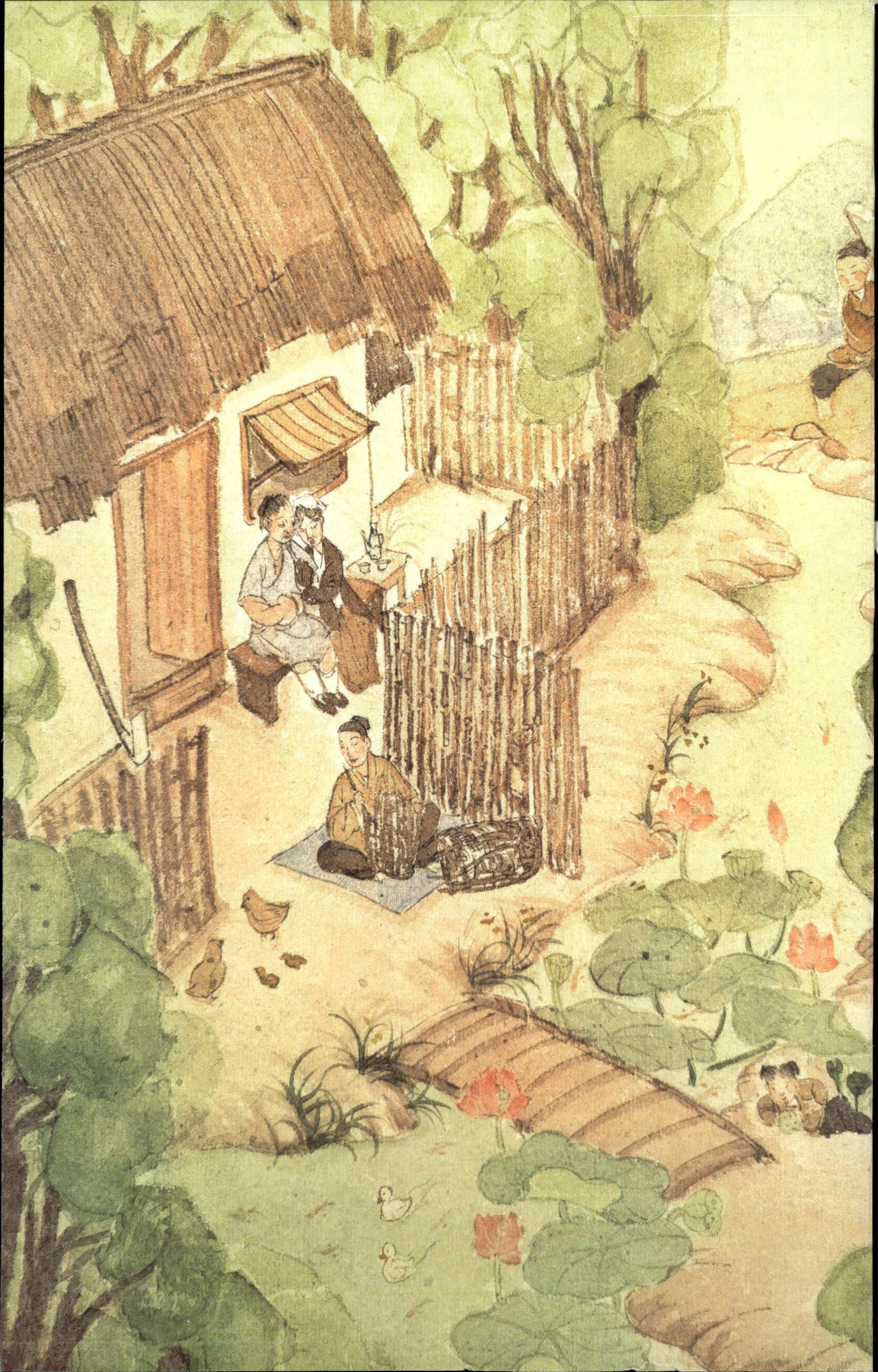